일러두기

본 책은 견주를 지칭함에 있어 '반려인'과 '보호자'라는 두 가지 용어를 사용했다. 반려견과 함께하는 존재로서 가족의 의미로 언급할 때는 '반려인'을, 교육과 보호 등 견주의 책임을 강조할 때는 '보호자'라는 용어를 사용하였다.

8코기네

ⓒ 전승우, 공진위 2021

초판 1쇄	2021년 8월 17일
초판 2쇄	2021년 9월 6일

지은이   전승우, 공진위

출판책임	박성규	펴낸이	이정원
편집주간	선우미정	펴낸곳	도서출판 들녘
편집진행	이수연	등록일자	1987년 12월 12일
디자인진행	김정호	등록번호	10-156
편집	이동하·김혜민	주소	경기도 파주시 회동길 198
마케팅	전병우	전화	031-955-7374 (대표)
경영지원	김은주·나수정		031-955-7376 (편집)
제작관리	구법모	팩스	031-955-7393
물류관리	엄철용	이메일	dulnyouk@dulnyouk.co.kr
		홈페이지	www.dulnyouk.co.kr

ISBN   979-11-5925-657-8 (03810)

함께라서 행복한 웰시코기 대가족의 리틀 포레스트

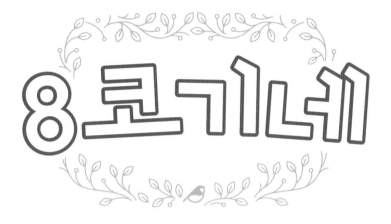

8코기네

전승우, 공진위, 그리고 8코기들

참새책방

8코기들과 서울을 떠나 양평에 자리 잡은 지 어언 6년이 지났습니다. 우리 부부가 직업까지 바꿔가며 낯설고 외진 이곳에 정착한 이유는 8코기와 오랜 시간 함께하기 위해서입니다. 돌아보니 6년 동안 참 바쁘게 달려왔네요. 우리의 보금자리를 직접 일구고, 우리가 이룬 것을 더 많은 사람과 나누기 위해 애견펜션을 열었습니다. 유튜브 채널을 운영하며 우리의 소소한 일상을 기록해가고 있고, 어느새 이렇게 '8코기네'라는 이름으로 책도 출간하게 되었습니다.

그동안 만난 분들께 제일 많이 들은 질문은 "어떻게 8마리나 되는 아이들을 하나도 보내지 않고 전부 다 키울 생각을 했나"입니다. 그리고 그럴 때마다 우리 입에서 자연스럽게 흘러나온 대답은 "전부 보내는 것보다 전부 키우겠다는 결정이 훨씬 쉬웠어요"였습니다. 멋있어 보이려는 말이 아니라 있는 그대로의 진심이었지요.

이따금 "힘들지 않냐, 대단하다" "보통 정성이 아니다", 심지어 "존경스럽다" 등등 응원과 격려의 말씀을 듣기도 합니다. 그럴 때면 오히려 부끄러워지곤 해요. 개인이 감당하기엔 벅찰 만큼 많은 유기견 아이들을 거두어 키우는 분들, 도움이 필요한 곳을 찾아 직접 몸으로 뛰는 분들도 계시니까요. 우리가 자초한 이 고생(?)은 칭찬 들을 일도, 대단하다 박수받을 일도 아닙니다. 지극히 당연한 일이지요.

반려견 1천만 마리 시대. 대한민국의 반려 산업은 급성장하였지만, 반려문화는 빠르게 성장하는 시장의 속도를 따라오지 못하고 있는 게 현실입니다. "귀여워서" "예뻐서" "외로워서" "한번 키워보고 싶어서" "자녀들이 원해서" 등등 수많은 이유로 반려견 수요가 발생하고, 이에 따라 말도 안 되는 방식으로 공급이 이루어지고 있습니다. 그리고 생명의 소중함은 간데없고 수요와 공급의 논리로만 굴러가는 시장 뒤에는 매년 버려지는 수만 마리의 유기견들이 있습니다.

도시에서 바쁘게 생활하며 레고와 제니 둘을 키울 때는 직시하지 못했던 안타까운 현실이, 느리게 돌아가는 시골에서 8마리 대식구를 챙기고 정성을 쏟으면서 와닿기 시작했습니다. 그 안타까움이 해를 거듭하면서 무언가 해야겠다고 생각했지만, 마음만 굴뚝같고 무엇을 해야 할지 좀처럼 떠오르지 않았지요. 그러다 문득 생각했습니다. '우리가 8코기들을 끝까지 책임지고 행복하게 키우는 모습을 보여준다면, 그것이 선한 영향력이 되지 않을까?'

 거기서부터 시작이었습니다. 생식 공부를 열심히 해서 8코기들에게 균형 잡힌 좋은 식단을 제공해주고, 사람과 살아가는 데 필요한 기본 교육을 열심히 하였습니다. 그리고 애견펜션을 찾아주시는 보호자들께 생식과 교육 노하우를 알려드렸지요. 유기되거나 파양된 아이들을 내 새끼처럼 가르쳐서 좋은 곳으로 보내기도 하였습니다. 지금은 8코기네 유튜브 채널에 우리의 일상 외에 보호자들이 꼭 아셨으면 하는 교육 방법도 영상으로 만들어 공유하고 있습니다. 또 8코기들에게 들어오는 광고 수익으로 정기 후원을 하고 있습니다. 유엄빠(유기동물의 엄마 아빠)를 비롯한 유기견 관련 단체뿐 아니라, 비글 구조 네트워크, 곰 보금자리 프로젝트, 국경 없는 의사회 등 우리 사회 속 도움이 필요한 곳들을 찾아 후원처를 점점 늘려가고 있습니다.

 이 책은 서울살이하던 부부가 웰시코기 레고, 제니와 함께하면서 일어난 에피소드를 왕아빠 시점에서 적은 책입니다. 짧뚱하고 귀여운 매력에 빠져 입양한 웰시코기 한 쌍이 새끼를 낳으면서 부부의 인생은 완전히 바뀌어버렸지요. 시끌벅적한 웰시코기 8마리와 함께

하는 가운데 점점 커지는 책임감과 깊어가는 사랑을 그렸습니다.

모두가 우리 부부처럼 반려견을 위해 시골로 이사할 수는 없습니다. 생식도 쉽지 않습니다. 교육 방식도 다를 수 있습니다. 그러나 함께 산책하고, 아프면 병원에 데려가고, 때가 되면 먹이고 재우는 상식적이고 평범한 일상을 반려견생 끝까지 함께해주세요.

6코기들이 갓 태어나 꼬물거리던 것이 엊그제 같은데 어느새 6번째 생일을 맞았습니다. 그동안 우리는 힘들었지만, 하루도 즐겁지 않았던 날이 없지요. 그리고 그럴수록 사람들에게 자주 이야기하는 것이 있습니다. (어쩌면 우리 스스로에게 계속 전하는 말일지도 모르겠습니다.) 반려견을 키우기 위해 꼭 필요한 마음이기도 한 이것은, 바로 '사랑하는 반려견과 이별할 수 있는 용기'입니다. 만약 그럴 용기가 없다면 반려하지 마세요.

우리 부부 역시 8코기들과 이별하는 순간을 생각하기만 해도 가슴이 아프고 힘들어집니다. 하지만 그렇기에 그만큼 최선을 다하려 하지요. 여러분도 최선을 다하세요. 시간이 그리 많지 않습니다. 반려동물은 우리가 그들을 위해 한 모든 수고에 비할 수 없을 만큼 큰 사랑으로 우리의 삶을 밝혀주는 존재입니다. 이 책이 반려견과 함께하는 지금 이 순간을 소중히 하는 계기가 되기를 바랍니다.

차 례

1장. 8코기네, 가족의 탄생

2장. 우당탕쿵탕 8코기네 시골 생활 도전기

3장. 행복한 8코기네 리틀 포레스트

4장. 8배의 사랑과 감동! 함께 웃고 함께 우는 8코기네

5장. 배움은 끝이 없다! 8코기들 이렇게 가르쳤어요

6장. 8코기네, 우리 가족의 꿈

우리 가족을 소개합니다

왕아빠와 왕엄마, 웰시코기 반려견 레고와 제니가 살던 집에 레고와 제니의 아들딸 웰시코기 여섯 마리가 태어났어요. 그렇게 우리 가족은 8코기네가 되었습니다. 웰시코기 여덟 마리가 살고 있는 집이라 줄여서 '8코기네'라고 하지요. 레고와 제니 사이에 태어난 여섯 마리 웰시코기는 줄여서 '6코기'라고 불러요.

아빠 레고와 엄마 제니는 물론, 한 배에서 태어난 아들딸 6코기들도 저마다 성격이 달라요. 생김새도 닮은 구석이 있어 언뜻 똑같아 보이지만 자세히 보면 다 다르답니다. 그래서 구별하는 재미가 있지요.

★ 첫째 칸

근엄하고도 잘생긴 얼굴에 듬직한 몸집, 부드러운 카리스마가 타고난 리더감인 첫째 아들. 왕아빠의 자랑스러운 훈련 조교로, 사람과의 교감 능력이 탁월하다. 혼자 있을 땐 숨겨뒀던 귀여움을 장착한다.

★ 둘째 아인

눈치 빠르고 애교 많은 말괄량이 외동딸. 깊고 반짝이는 눈동자를 가졌다. 스포츠맨 아빠 레고를 쏙 빼닮아 형제들에 뒤지지 않는 체력과 날렵함을 갖춘 만능 스포츠우먼.

★ 셋째 반쪽이

무리 사이에서 나 홀로 배 뒤집고 누워 있는 느긋한 아이가 보인다면 무조건 반쪽이다. 얼굴이 반쪽은 하양고 반쪽은 황색이라 제일 구별하기 쉬운 데다 늘 눈에 띄는 엉뚱한 행동을 해서 많은 분의 사랑을 받고 있다. 순둥이지만 말이 많다.

⚜ 아빠 레고 ⚜

왕엄빠가 펫샵의 폐해에 대해 모르던 시절, 펫샵의 유리 케이지 속에서 처음 만났다. 머리에 큰 땜통이 나 아무도 데려가주지 않던 볼품없는 웰시코기가 어엿한 아빠가 되고, TV에도 출연하는 견생역전의 주인공이 되었다. 그러나 다 큰 자식들에게 아빠 대접 못 받는 레고. 이 시대의 고개 숙인 가장들로부터 제일 큰 사랑(동지애)을 받고 있다.

엄마 제니 ⚜

작은 몸집에 다부진 성격으로 '작은 고추가 맵다'를 제대로 보여주는 8코기네 서열 0순위 제니. 까칠한 성격과는 달리 앙증맞고 귀여운 외모로 중년에 접어들었음에도 8코기네에서 귀여움을 맡고 있다. 못하는 것 없는 팔방미인.

⚜ 넷째 코코 ⚜

후덕한 외모에 느긋한 성격을 가진 자타공인 손님 맞이견 코코. 낯선 사람일수록, 처음 보는 강아지일수록 더 반가워한다. 그러나 뭐니 뭐니 해도 물놀이와 왕엄마를 제일 좋아한다.

⚜ 다섯째 리치 ⚜

볼수록 매력적인 리치. 8코기네에서 제일 잘생기고 애교도 많다. 높은 데를 좋아하고 혼자 있는 걸 좋아하고 깔끔하게 온몸을 단장할 줄 안다. 고양이로 태어났어도 잘 어울렸을 것 같다.

⚜ 여섯째 에디 ⚜

누가 봐도 딱 막내인 에디. 어리광이 많아 항상 왕엄빠에게 집중한 채 이름 불러주기를 기다린다. 누나와 형들의 그늘에 가려 잘 티가 안 나서 그렇지, 정말 착하고 못 하는 게 없는 멋진 아들이다.

1장.

8코기네, 가족의 탄생

개를 사랑해서
개를 키울 수 없었던 사람

지금도 친척 어른들은 저를 볼 때마다 말씀하십니다.

"넌 어릴 때부터 개를 참 좋아했지."

"키우던 개 집에 들어가서 잠도 자고, 밥도 먹었잖아."

그럴 때면 어머니도 한 말씀 거드시곤 하지요. "얘랑 어딜 가다가 길에서 개를 마주치면 안아주고 뽀뽀하고, 수없이 인사를 해야 겨우 발걸음을 옮길 수 있었어"라고요.

저는 어린 시절 수많은 개를 키웠고, 그만큼 잦은 이별을 겪었습니다. 사고로 하늘나라에 간 친구도 있었지만, 키우다 여력이 되지 않아 다른 집에 보내야 했던 경우도 여러 번이었습니다. 그래도 그때는 크게 문제가 되지 않았어요. 개를 가족이라기보다는 그저 '애완동물'로 여기던 시절이었으니까요. 하지만 저에게는 그 모든 순간이

가슴 저미는 이별의 기억으로 남았지요.

　그래서인지 머리가 커져 중학생이 되고 난 이후부터는 선뜻 개를 키우겠다고 나설 수가 없었습니다. 개를 사랑하는 마음은 한결같았지만, 나 외의 다른 생명을 돌본다는 건 결코 쉬운 일이 아님을 깨달았기 때문이었습니다. 그 생각은 왕엄마를 처음 만났을 때까지도 변하지 않았습니다.

같은 듯 다른: 애완견인가요, 반려견인가요?

　　우리 사회의 반려문화가 갈수록 성숙해감에 따라 '애완견'이라는 호칭이 점점 사라지고 '반려견'이라는 호칭이 정착되어 기쁘게 생각합니다. 애완견(愛玩犬)은 '좋아하여 가까이 두고 귀여워하며 기르는 개'로 해석할 수 있습니다. 이때 사용하는 '완' 자는 가지고 노는 장난감을 뜻하는 완구(玩具)의 '완' 자와 같습니다. 반면 반려견(伴侶犬)은 '한 가족처럼 사람과 더불어 살아가는 개'를 의미합니다. 짝이 되는 사람이라는 뜻의 '반려자(伴侶者)'와 같은 한자를 쓰지요. 그러나 호칭만 '반려견'이지, 정작 함께하는 모습을 보면 마치 애완동물처럼 대하고 계시는 분들이 꽤 많습

니다. 개에게 무엇이 필요한지, 반려견으로서 사람과 조화롭게 살아가기 위해서는 어떤 것을 가르쳐야 하는지 고민하지 않고, 그저 내가 원할 때 귀여워하고 내가 내킬 때 놀아주며 나의 기분을 좋게 하는 도구로 개를 키우는 것이 그 예입니다.

많은 반려인에게 부족함이 있다 해도 그것은 나빠서라기보다는 잘 모르기 때문이라고 생각합니다. 세상 모든 일이 그렇듯 개를 반려하는 것 역시 처음부터 잘 알고 능숙한 사람은 없습니다. 하지만 반려인으로서 자신에게 부족한 점은 없는지, 부족한 점이 있다면 어떻게 보완할 것인지 끊임없이 고민하는 태도는 중요합니다. 좋은 부모가 되기 위해서도 자녀들의 마음을 들여다보려는 노력과 배움이 필요하잖아요. 그래서 반려견과 함께하는 것을 부모가 되는 일에 비유하는 것이 아닐까요? 반려견과 평생을 함께하는 것은 결코 가볍게 생각할 일이 아닙니다. 삶에 반려견이 들어온다는 것은, 나를 위해 쓸 시간과 돈, 열정을 그들을 잘 보살피는 데 쏟아야 하며 그만큼 내가 누릴 수 있는 것들을 포기해야 한다는 뜻입니다. 그 모든 것을 알고도 기꺼이 그들에게 사랑과 관심을 쏟겠다고 다짐한 사람이라야 개를 가족의 일원으로 맞이할 준비가 되었다고 볼 수 있지 않을까 생각합니다.

개를 키워선 안 되는 사람도 있을까요?

1. 반려견을 혼자 두고 장시간 집을 비우는 사람
2. 보호자로서의 역할에 관심이 없고 반려견이 익혀야 할 기본 매너를 가르치지 않는 사람
3. 최소 하루 두 번 이상 함께 산책해줄 수 없는 사람

다시 개를 키울 수 있을까

2013년 겨울 저는 병상에 누워 있었습니다. 몸 생각 하지 않고 앞만 보고 달려온 시간들이 그대로 비수가 되어 제 몸 곳곳에 상처를 입힌 것입니다. 목, 어깨, 허리 무려 세 군데나 수술을 해야 했습니다. 오랜 입원 생활로 몸도 마음도 지칠 대로 지쳐 있던 그때, 갑자기 왕엄마가 웰시코기의 매력에 흠뻑 빠져서는 개를 키우자고 노래를 부르기 시작했습니다.

'나도 웰시코기가 얼마나 사랑스러운지 잘 알아. 그렇지만….'

사실 저는 한참 전인 2006년부터 대한민국에서 가장 유명한 웰시코기 커뮤니티 〈코기러브〉에 가입하여 사랑스러운 웰시코기들의 모습을 '눈팅'하며 랜선 집사의 행복감을 느껴오고 있었습니다. 그러니 웰시코기의 매력이라면 굳이 왕엄마가 여러 말 안 해도 이미 빠삭하게 알고 있었지요. 하지만 어린 날 사랑하던 개들과 이별해야 했던 경험은 여전히 저에게 무시할 수 없는 아픔이었습니다.

평소 같았으면 싫다고, 절대 안 된다고 반대했겠지만, 몸도 마음도 많이 약해진 탓이었는지 개를 키우자는 말을 쉽게 흘려들을 수가 없었습니다. 삶의 의미와 활력소를 되찾아줄 무언가가 간절히 필요했어요. 그렇게 십수 년 만에 처음으로, 개를 키워볼까, 생각하게 되었습니다. 인터넷으로 야금야금 웰시코기 분양에 대해 알아보다가, 결국엔 멋모르고 용산에 있는 어느 펫샵까지 찾게 되었지요. 지금 같으면 절대 생각도 하지 않았을 일입니다.

너는 내 운명:
머리에 땜통 난 레고를 만나다

레고를 처음 만났던 펫샵의 모습이 아직도 눈에 선합니다. 수많은 유리 케이지가 벽면을 따라 줄지어 늘어서 있고, 그 안에는 수많은 강아지가 있었습니다. 당시 유행하는 가장 '핫한' 견종이었던 웰시코기가 주를 이루고 있었지요. 그때 그중 제일 큰 남자아이의 머리에 커다란 땜통 자국이 있는 것을 보았습니다.

"사장님, 저 아이 머리는 왜 저런가요?"

"케이지 안에서 뛰면서 유리 벽에 머리를 계속 부딪치는 바람에 상처가 났어요."

그 말을 듣는 순간 가슴이 철렁했습니다. 이렇게 많은 아이들이 졸지에 '상품'이 되어 고생하고 있었던 것입니다. 그리고 우리 역시 이 아이들을 힘들게 하는 수요 중 하나구나, 라는 생각이 들어 왕엄마에게 "나가자" 한마디 하고 펫샵을 나오게 되었습니다.

오늘 사랑스러운 웰시코기를 분양받을 수도 있겠다는 생각에 즐거워하던 왕엄마는 나가자는 말에 조금 실망하여 자초지종을 물었고, 저는 잠시 생각한 끝에 이렇게 답하고 집으로 돌아왔습니다.

"나 치료 다 마치고 다시 방문하자. 그때도 저 머리에 땜통 난 녀석이 우리를 맞아준다면 그 아이가 우리 식구라 생각하기로 하자!"

그로부터 2주 뒤 2014년 1월. 다시 방문한 펫샵에는 머리에 땜통 난 아이가 여전히 유리 케이지에 머리를 들이받고 있었습니다.

"산책이랑 놀아주기는 필수. 거기다 배변 실수를 하고 사고를 쳐도 참아주고 이해해줘야 해. 그리고…" 잔뜩 뜸을 들이다가 힘겹게 말을 꺼내놓았습니다. "언젠가 찾아올 아픈 이별의 순간에 대해서도 마음의 준비가 필요해." 서로 잔뜩 다짐한 후, 우리는 머리에 땜통 난 웰시코기를 입양하기로 하였습니다. 그런데 유리 케이지 한구석에 얌전히 앉아 눈빛으로 하트 빔을 보내오는 웰시코기 여아에게도 계속 마음이 끌렸어요. 결국 그 아이도 함께 데리고 가기로 했습니다.

남자아이의 이름은 레고, 여자아이의 이름은 지니라 지어주었습니다. 우리 부부가 서로를 부르는 애칭에서 따온 이름이었지요. 우리는 그전에도 행복했지만, 레고와 지니가 함께하게 되자 비로소 완성된 것 같다는 생각이 들었습니다. 두 꼬마 녀석들은 활발하게 집 안 곳곳을 누비고 다녔고, 우리 가족은 더할 나위 없는 행복 속에서 즐거운 나날을 보냈습니다.

꼬마 시절 레고.
머리에 난 땜통이 조금씩 아물어가고 있어요.

↑ 인상파 레고.
↓ 꼬마 지니.

레고와 지니는 좋은 친구가 되었어요.

홍역, 그리고 이별

하지만 행복은 잠시였습니다. 언젠가 가슴 아픈 이별이 찾아오리란 걸 누구보다 잘 알고 단단히 마음먹고 있었지만, 그 순간이 이토록 빨리 닥쳐오리라고는 미처 생각하지 못했습니다. 우리 가족이 된지 이제 겨우 2주 정도밖에 지나지 않은 어느 날, 갑자기 사랑스러운 지니가 콧물을 흘리기 시작하더니 감기 기운에 맥을 못 추기 시작했습니다. 저는 1시간 정도 지니의 모습을 지켜본 뒤 아이의 증상이 뭔가 심상치 않음을 파악했습니다.

그렇게 데려간 병원에서 지니는 홍역 판정을 받았습니다. 그때까

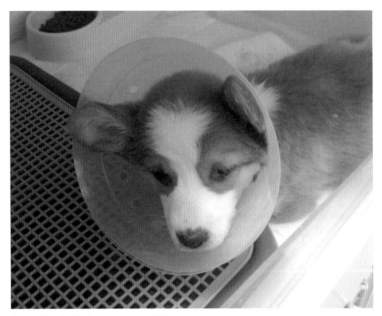

얼마나 많은 아이들이 지니처럼 아파했을까요?

지만 해도 홍역에 완전히 무지했던 저는 빨리 발견해서 다행이다, 치료 잘 받으면 나을 수 있을 것이다, 라고만 생각했습니다. 개들에게 홍역이 그토록 치명적이고 치사율 높은 질병인지 미처 알지 못했습니다.

그저 최선을 다하겠다는 수의사 선생님 말씀에 희망을 걸고 지니를 입원시키고 집으로 돌아오는 길, 땅이 자꾸만 발걸음을 붙잡는 것 같았습니다. 따뜻한 엄마 품에서 강제로 떨어져 나와 좁은 유리 케이지 안에서 보낸 시간들이 3개월밖에 되지 않은 지니 인생의 전부였습니다. 이제는 행복하게 해주겠다고 다짐하고 있었는데, 입양 온 지 겨우 2주 만에 그 작은 아이가 다시 유리 케이지 안에 들어가 주삿바늘을 꽂고 누워 있는 모습을 보니 가슴이 찢어지는 것 같았습니다.

우리가 할 수 있는 것은 지니가 혼자 남겨졌다고 생각하지 않도록 매일 찾아가 응원해주는 것뿐이었습니다. 함께한 시간이 너무나 짧았음에도 아이는 자기 이름을 기억하고 있었던 것 같습니다. "지니야~"라고 부르면 그 힘든 몸을 일으켜, 보러 와줘서 고맙다는 듯 반겨주었습니다.

2주 후, 우리는 눈물로 그 천사같이 예쁜 아이를 무지개 다리 너머로 떠나 보내야만 했습니다.

슬픔과 분노로 가슴이 터져버릴 것만 같았습니다. 펫샵으로 달려가 도대체 위생 관리를 어떻게 했길래 그 어린아이가 홍역에 걸려 죽을 수 있느냐고 따져 물었습니다. 펫샵에서는 정말 죄송하다, 다른 아이로 분양해드리겠다는 말만 반복했습니다. 그때만 해도 '강아지 공장'에 대해 알지 못했던 저는 끝없는 자책의 늪에 빠졌습니다.

　함께한 시간이 짧았다고 해서 상처가 덜한 것은 아니었습니다. 갈기갈기 찢어진 가슴의 상처가 한동안 아물지 않아 우리는 오래 앓았습니다. 또 이제는 그 상처에 덤덤해졌다고 해서 추억까지 사라지는 것은 아닌지라, 이 글을 쓰고 있는 지금까지도 지니를 회상하면 눈물을 펑펑 쏟게 됩니다. 아직도 우리 가슴 안에 지니는 아픈 손가락으로 남아 있습니다.

반려견을 분양받기 전에 생각해보아야 할 것들

1. 가정 분양? 애견샵? 전문 브리더 분양?

애견샵에 가지 말고 가정 분양을 받아야 한다는 말도 있지만, 사실 지금의 분양 시장에서는 가정 분양이라고 해서 애견샵과 큰 차이가 있는 것 같지는 않습니다. 분양으로 돈을 벌고자 하는 사람들이 개들로 하여금 매년 새끼를 낳게 하고 그걸 가정 분양이라는 명목으로 개인에게 팔거나, 애견샵에 보내고 있거든요. 애견공장 또한 여전히 버젓이 운영되고 있는 게 현실이고요.

〈코기러브〉에서는 사전 지식 없이 무분별하게 웰시코기를 입양했다가 파양하는 일을 방지하고자 입양 관련 게시물을 올리지 못하게 하고 있습니다. 그러다 보니 정말 키우고 싶은 사람들은 결국 애견샵에 가거나 가정 분양을 받게 되는 것 같아 아쉬움이 있습니다.

레고와 제니를 데려올 때는 미숙했기에 몰랐지만, 건강하게 입양할 수 있는 경로로 전문 견사(브리더)가 있습니다. 입양 비용이 좀 비싼 편이긴 하지만, 애견샵에 가시지 말고 전문 브리더를 찾아 시설을 둘러본 뒤 신중히 입양을 결정하시는게 그나마 좋은 대안 같습니다.

2. 강아지를 분양받지 말고 유기견을 키우라고요?

반려인들이라면 강아지를 입양해서 기른다는 것이 삶에 얼마나 엄청난 변화를 주는 일인지 알고 계실 겁니다. 유기견을 기르는 것은 그의 두 배 이상 어려운 일이고요. 그걸 아는 저로서는 유기견을 입양하여 내 자식처럼 아끼고 보살피는 분들을 보면 정말 존경스럽습니다. 아픔이 많은 아이들이기 때문에 마음을 여는 것이 쉽지 않거든요. 실제로 많은 시간과 돈을 들여 아이의 문제 행동을 바로잡아주는 분들도 계시고, 일부러 몸이 좋지 않은 아이를 데려와 치료해주시는 분들도 계십니다. 유기견을 입양하여 행복하게 살고 계시는 분들이 많지만, 엄청나게 어려운 일임을 알아야 합니다. 그 시간들 뒤에는 몇 년간 수도 없이 물려가면서도 아이들을 포기하지 않았던 사랑과 열정이 있어요.

유기견 아이들이 마음을 여는 데 시간이 얼마나 걸릴지는 아무도 알 수 없습니다. 그래서 유기견을 키우기로 했다가 견디지 못하고 파양하시는 분들이 많습니다. 물론 처음엔 좋은 마음으로 내린 결정이었겠지만, 결국 아이에게 또 다른 상처를 주는 일이 됩니다. 물론 유기견 아닌 강아지를 입양하는 것도 당연히 신중해야겠지만, 유기견을 입양하는 데는 더욱더 신중한 고민이 필요합니다.

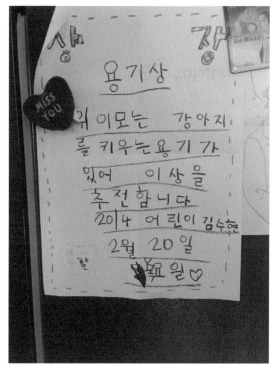

반려견 입양이 절대 쉬운 일이 아니라는 건
어린아이도 알지요.

레고와 제니 커플,
러브 스토리의 시작

지니를 보내고 난 뒤, 레고는 잔뜩 무기력해져 잘 놀지도 않았습니다. 식욕까지 잃어버린 레고가 삐쩍 말라가고 있을 때, 우리에게 또 다른 사랑이 찾아왔습니다. 작은 웰시코기 여자아이였습니다. 우리는 그 아이의 이름을 제니라고 지었습니다. 물론 제니는 제니이기에 지니를 대신할 순 없었지만, 아이는 우리의 기쁨이 되었습니다.

무엇보다 제니의 등장은 잠시 잃어버렸던 레고의 활력을 되찾아 주는 계기가 되었습니다. 평소 레고는 '좋은 게 좋은 거다' 하며 한량처럼 여기저기 기웃거리며 빈둥대는 것을 좋아하는 친구였습니다.

반면 제니는 몸집은 제일 작으면서 온 동네 개들을 다 휘어잡는, 장군 기질을 타고난 친구였지요. 좋은 게 좋은 거라고, 레고는 그런 제니를 위해 모든 걸 양보해주는 사랑꾼의 면모를 보여주었습니다. 그렇게 둘은 어느새 완벽한 커플이 되었지요.

나랑 같이 놀자.

꿈에선 놀아줘.

레고&제니
대형 사고 치다?!

시간이 흘러 제니가 발정기에 들어섰습니다. 두 번째 발정기였어요. 첫 번째 발정기는 한 살이 막 지났을 무렵이었는데, 당시 레고는 제니의 엄청난 성질머리(?)에 감히 곁에 다가가지도 못했어요. 그래서 임신 걱정은 전혀 없다고 생각했습니다. 그래도 혹시 모르는 불상사(?)에 대비해서 우리 부부는 외출할 때마다 둘을 항상 분리해 두는 등 나름대로 관리(?)를 했지요.

그러던 어느 날, 외출하고 돌아왔는데 레고와 제니가 함께 우리를 맞아주는 게 아니겠어요? 하지만 여전히 제니는 매우 까칠했고, 레고를 곁에 두려고도 하지 않았지요. 그래서 뚫려 있는 펜스를 목격하고도 '아니겠지?'라고 안일하게 생각하고 말았습니다.

그런데 하루하루 지나감에 따라, 제니에게 변화가 일어나기 시작했어요. 몸이 점점 동그랗게 변해가고 젖꼭지가 커지고. 뒤늦게 뭔가 이상하다는 것을 눈치채고는 부랴부랴 병원에 가서 검진을 하게 되었습니다. 엑스레이 결과를 확인한 뒤 충격에 빠진 우리 부부. 사실 일이 터진 마당에 그래 봐야 무슨 소용 있겠냐만, 절대 있을 수 없는 일이라고, 제니가 절대 레고에게 곁을 내주지 않았고, 레고 역시 서슬 퍼런 제니의 기에 눌려 냄새조차 맡지 못했다고 수의사 선생님께 항변했어요. 그러자 수의사 선생님 말씀.

"전에 비숑 친구가 출산을 했는데 까만 아이들을 낳았어요. 그 보호자분도 아이에게 시선을 뗀 적이 없다면서 당황하셨죠. 그런데 잘 생각해보니 산책하러 갔을 때 딱 한 번 잠깐 나무에 묶어두신 적이 있었대요. 때마침 그 근처에 닥스훈트 한 마리가 돌아다니고 있었고, 그 잠깐 사이 단 한 번의 시도로 사고가 터진 거죠."

우리 부부는 당시 몇몇 반려인들과 한강 산책 모임을 갖고 있었습니다. 그래서 분명히 레고 자식은 아닐 거고, 아무래도 모임에 나오는 아이들 중 하나가 애 아빠일 거라고 생각했죠. 산책 모임에 나오는 아이들 중 레고와 제니 외에 다른 웰시코기 친구는 없었습니다.

왜…
왜 둘이 같이 있는 거야?

예고 없는 임신만으로도 충분히 당황스러운데, 혼종인 아이가 태어나면 요즘 같은 세상에 누가 그 아이들을 거둬줄까, 크게 걱정하게 되었습니다.

꼬물꼬물 ㅂ코기, 제니의 출산
: 왕아빠 산파 되다!

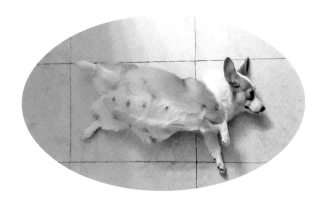

"엑스레이를 보니 제니 배에는 지금 여섯 마리가 있네요."

수의사 선생님의 말씀을 듣고 눈앞이 캄캄해졌지만, 이미 벌어진 일 어쩌겠어요. 우리는 제니를 위해 아늑한 산실도 마련하며 차근차근 출산 준비를 해나갔습니다.

그리고 제니의 출산 예정일이 임박한 어느 날, 조용하던 집 안에 "쿵!" 하는 소리가 울려 퍼졌어요. 제니가 침대 위에서 떨어졌나 보다 싶어 황급히 침대로 달려갔죠. 그런데 제니는 없고 웬 물이 흥건히 고여 있었습니다. '아! 양수가 터졌구나!' 다급히 제니를 찾아 거실로 나왔는데 한가운데 웬 움직이지 않는 덩어리 하나가 놓여 있는 거예요. 방금 태어난 강아지였습니다. 여전히 제니는 보이지 않고, 그저 빨리 아이를 살려야겠다는 생각에 태반을 찢고, 수건을 따뜻한 물에 적셔서 열심히 강아지를 닦아주었습니다. 그러는 동안에도 아이는 미동도 없었어요. 마음 졸이면서 코에 바람을 불어 넣어주고, 입을 열어 이물질을 제거하고 한참 몸을 문질러주었더니 드디어 깨어난 아이! 이 아이가 바로 첫째 칸입니다.

생명이 탄생하는 순간을 목격한 기쁨도 잠시, 칸을 출산 보금자리에 조심스럽게 누이고 있을 때 제니가 나타났습니다. 둘째를 낳고 있었어요. 그런데 아이가 어쩐지 머리가 반만 나온 상태로 걸려 있는 거예요. 제니는 어찌할 바를 모르고 저만 바라보고 있었지요. 느낌이 좋지 않아 수의사 선생님께 전화를 드렸더니 10분 안에 나오지 않으면 직접 빼내야 한다고 하였습니다. 전화 드리는 시점에 이미 10분이 지난 것 같아 제니를 진정시키고 조심조심 유도하여 둘째를 낳게 했습니다. 칸에게 했던 것과 같이 열심히 후처리를 해주었으나 둘째는 끝내 숨을 쉬지 않았습니다.

슬픔을 느낄 새도 없이 제니는 셋째를 낳기 시작했습니다. 하지만 이번에는 비교적 수월했고, 태어난 아이를 핥아주는 등 제니도 상당히 안정을 찾은 듯했어요. 출산이 처음이라 놀라기도 많이 놀랐을

테고, 첫째와 둘째가 상대적으로 커서 더 힘들었을 것입니다. 제니는 넷째, 다섯째도 쉽게 낳았습니다. 물론 몹시 지쳐 보였지만, 태어난 아이들을 열심히 핥아주면서 안간힘을 쓰고 있었어요. 한 시간 정도 지난 뒤, 여섯째 아이의 머리가 보이기 시작했습니다. 그런데 이번에는 제니가 힘이 많이 빠졌는지 둘째 때와 마찬가지로 좀처럼 낳지 못하고 있었어요. 이대로 그냥 뒀다가는 아이가 죽을 것 같아서 그 즉시 도움을 주어 무사히 태어나게 했습니다.

병원에서 여섯 마리라고 했으니 이제 다 낳았구나, 안도의 한숨을 쉬었습니다. 그런데 조금 뒤, 제니가 현관문 앞에 서서 나가겠다고 낑낑댔어요. 배변하려고 그러나 싶어 데리고 나갔다 왔는데, 조금 뒤 막내 아이를 낳았습니다.

제니는 총 일곱 마리의 강아지를 낳았습니다. 그중 빛을 보지 못하고 하늘나라로 간 둘째는 레고와 제니가 자주 뛰놀던 뒷산에 묻어주었습니다.

그런데 난리통 속에서 가장 중요한 누군가가 빠진 것 같은데? 아! 레고! 레고가 사라졌다! 왕아빠가 열심히 제니의 출산을 도와주고 있던 그때 레고는 자취를 감추었습니다. 뒤늦게 찾은 레고는 벌벌 떨면서 베란다 깊숙한 곳에 숨어 있었어요. 새로운 생명체를 보

우여곡절 끝에 태어난 6코기들.

고 놀란 레고. 장차 닥쳐올 시련을 본능적으로 직감했는지 레고는
레고 2세들을 멀리하였습니다. 그 후 여덟 살이 된 지금까지도 6코
기들과 데면데면한데요. 이유는 알 수 없습니다.

갓 태어난 아가들은 웰시코기가 아닌 바둑이였습니다. 레고 제니
와는 달리 꼬리도 있었고요. "역시 레고가 아빠가 아니었어! 제니
야, 애들 아빠는 누구니?" 하는 핀잔과 함께, 시끌벅적 8코기하우스
가 탄생했습니다.

왠지 어색하고 불편해 보이는 레고.

엄마가 되는 건
힘들어.

그래도 사랑스러운 꼬물이들.

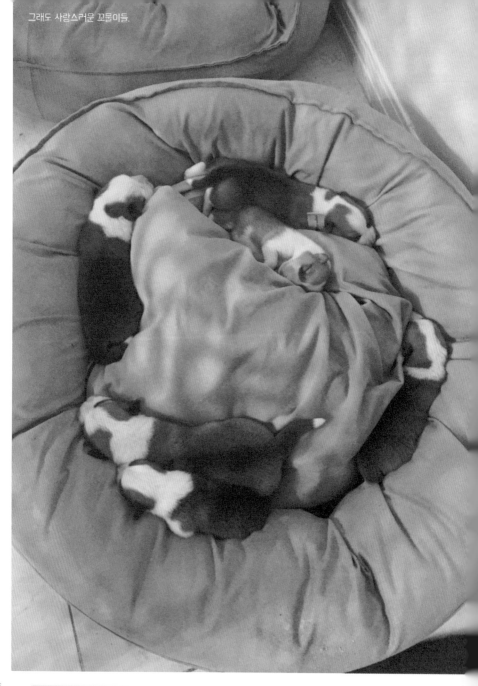

"어? 웰시코기도 꼬리가 있네요?" 우리가 몰랐던 웰시코기의 비밀

간혹 이렇게 묻는 분들이 계십니다.

"웰시코기는 원래 꼬리 없는 종 아니에요? 근데 이 아이들은 꼬리가 있네요. 신기하다."

레고와 제니를 입양할 때까지만 해도 우리 부부 역시 웰시코기는 꼬리가 없다고 굳게 믿고 있었어요. 펫샵에서도 꼬리가 있는 웰시코기를 볼 수 없었고, 만화 〈카우보이 비밥〉에 나오는 웰시코기 아인이도 꼬리가 없었거든요. 꼬리를 달고 태어난 아가들을 보고 '레고를 배신한 제니'라고 타박한 것도 그 때문이었습니다. (많이 억울했을 제니에게 심심한 사과를 전합니다….)

하지만! 웰시코기는 꼬리가 있습니다. 언젠가 어느 외국인이 웰시코기는 꼬리가 없는 것이 정상이고, 꼬리가 있는 건 팸브룩 웰시코기와 카디건 웰시코기의 믹스종이라고 주장해온 적이 있었어요. 하지만, 꼬리 없는 웰시코기 갓난아기 사진을 보여달라, 그러면 그 말을 믿겠다고 하니 슬쩍 사라져버리더군요.

꼬리의 길이는 종마다 개마다 다르고, 우리나라의 댕견처럼 꼬리가 없는 견종도 있지요. 하지만 전 이제까지 꼬리 없이 태어난 웰시코기는 본 적이 없습니다. 그렇다면 그 많은 꼬리 없는 웰시코기들은 다 어디서 온 걸까요? 모두 미관상의 이유로 단미 수술을 받은 것입니다.

모든 웰시코기는 태어날 때부터 꼬리가 있어요.

소나 양 같은 가축을 몰 때 꼬리가 밟히지 않도록 하기 위함이라는 터무니 없는 낭설로 단미 수술을 정당화하는 사람들도 있습니다. 그렇다면 대표적인 양몰이견 보더콜리 역시 단미를 했어야 하겠지요. 사람보다 민첩한 개들이 가만히 앉아 꼬리를 밟히고 있을 리는 없습니다.

단미 수술에 대해 알게 된 뒤로는
레고와 제니의 꼬리 없는 엉덩이가 안쓰러워졌어요.

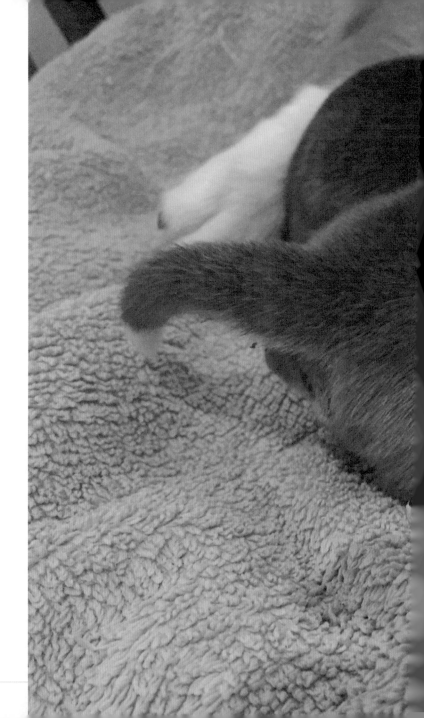

6코기들이 세상에 나왔을 때 분양 보내려면 꼬리를 잘라야 한다는 말을 다른 견주들로부터 많이 들었습니다. 그러지 않으면 절대 분양 보낼 수 없다고요. 수의사 선생님께 여쭤봤더니 일리 있는 말이라고 하셨어요. 그러면서 해달라고 해서 하긴 하지만, 제일 하고 싶지 않은 수술이 단미 수술이라고 덧붙이셨습니다. 너무 어린아이들이라 마취도 할 수 없어서 그냥 생살을 베어내야 한다고요. 생각만 해도 잔인해서 꼬리 없는 레고와 제니의 엉덩이를 보며 얼마나 아팠을까, 하고 가슴 아파했지요. 그리고 단미하여 입양 보낼 바에는 우리가 6코기들을 모두 품겠다고 다짐했습니다.

미용을 위해서 가볍게 수술을 결정하기에는 아이들이 일생 동안 지고 가야 하는 짐이 너무 무겁습니다. 개들에게 꼬리는 그냥 장식이 아니라 방향 전환을 돕는 역할을 합니다. 꼬리가 없는 아이들은 몸을 돌릴 때마다 휘청이며 관절에 충격을 받게 되는데, 결국 나중에 가서는 다리를 절게 되거나 고관절 탈구를 겪기도 합니다.

많은 웰시코기 견주들이 단미 알리기에 힘써주셔서 지금은 많은 분들이 웰시코기는 원래 꼬리가 있다는 사실을 알고 계시고, 단미하지 않은 웰시코기들도 많아졌습니다. 저는 지금도 제가 살면서 가장 잘했다고 생각하는 일 중 하나로 우리 아이들 단미하지 않은 것을 꼽을 수 있습니다.

웰시코기 꼬리 끝에
행복이 있대요!

왕아빠와 왕엄마의
중대한 결정

우리 부부가 처음부터 여덟 마리를 모두 키우겠다고 생각했던 건 아닙니다. 당연히 몇 마리는 입양 보내야겠다고 생각했었지요. '그래도 첫째는 내가 살린 아이니까 키워야지, 둘째는 딸이니까 키워야지, 셋째는 얼굴 무늬가 반쪽뿐이라 아무도 안 데리고 갈 것 같으니 우리가 키워야겠지? 넷째는 미국에 사는 왕엄마 첫째 언니네가 키운다고 했고, 다섯째는 둘째 언니네가 키우겠다 했고⋯ 아, 막내가 남았구나! 막내도 얼굴이 조그맣고 귀만 크니 우리가 키워야 할지도 모르겠다' 했었습니다. (이렇게 적어놓고 보니 처음부터 딱히 아이들을 떠나 보낼 생각은 없었던 것 같기도 하네요.)

　지인들에게 분양 소식을 알리고, 카페 게시판에도 글을 올리니 연락이 오기 시작했습니다. 무려 백 명이나 되는 사람들에게서요. 하지만 입양하고 싶다는 사람들을 만나보고 통화해보면서 점점 '뭔가 아닌 것 같다'는 생각이 들었습니다. 앞으로 아이를 키우는 데 들어갈 비용이 어마어마할 텐데 분양가가 부담된다고 하는 사람들이 많았습니다. 또 반려견을 키우기 위한 준비가 전혀 되어 있지 않은 사람들이 대부분이었으며, 왜 분양받으려 하는지 물어보니 "아이가 웰시코기를 좋아해서요" "애견 카페를 운영하려는데 상주견이 필요해요" "둘째가 예쁘게 생겨서 데려가서 새끼를 보려고요" 등의 이유를 대는 사람들도 있었습니다.

　이를 악물고 일부러 분양가를 두 배로 고쳐 올렸습니다. 그랬더니 악플이 수도 없이 달렸습니다. 알고 보니 가정 분양 하는 사람들에게 아이들을 헐값에 분양받아서 펫샵에 비싸게 되파는 업자들이거나 싸게 분양받고자 하는 사람들이었습니다. 50만 원에 분양받은 웰시코기를 150만 원에 되파는 인간도 보았습니다. 결국 분양에 대한 마음을 접었습니다. 이후로도 수많은 입양 문의가 들어왔지만 모두 거절하고, 상의 끝에 왕엄마의 언니들이 키우기로 한 넷째와 다섯째 외에 나머지 아이들은 우리가 전부 키우자고 마음먹었습니다.

정말 우리 애들 떠나보내도 괜찮을까…?

우선 아이들의 이름부터 정해주기로 했습니다. 첫째는 대장이 되라고 칭기즈칸의 이름을 따와 '칸'이라고 이름 지었습니다. 실제로 8코기들의 실질적 리더가 되었지요. 둘째는 만화영화 〈카우보이 비밥〉에 나오는 천재 웰시코기의 이름을 그대로 따서 '아인'이예요. 다음은 셋째! 셋째 아이는 태어났을 때부터 얼굴의 갈색 털 무늬가 반쪽뿐이었어요. 나머지 반쪽은 아무 색도 없이 눈처럼 하얀 털이 나 있었지요. 그래서 단순하지만 가장 명쾌하게! '반쪽이'가 되었어요. 넷째는 미국 보스턴에 살고 있는 왕엄마의 조카가 데려가겠다며 직접 '코코'라 이름 붙였습니다. 코코는 8코기중 첫 번째로 비행기를 탈 뻔했지만, 무산되어 지금은 시골 총각으로 살고 있지요. 다섯째는 왕엄마의 또 다른 조카가 데려가겠다고 나서며 부자 되자고 '리치'라고 이름 지어주었어요. 리치 역시 우리 곁에 남게 되면서 8코기네는 돈 많은 부자가 아닌 개부자가 되었지요. 여섯째는 뽀로로의 사막여우 친구 에디를 닮아서 같은 이름을 붙여주었습니다. 지금도 머리는 작고 귀가 큰 아이가 막내 '에디'랍니다.

그렇게 탄생한 8코기네! 그리고 우리 가족에게는 완전히 새로운 삶이 열리게 되었습니다.

8코기는 왕아빠를 공부하게 한다, 반려견 훈련사 아카데미 입학

꼬물이들과 부대끼며 육아로 바쁜 나날을 보내던 중, 왕아빠는 선배로부터 전화 한 통을 받았습니다. "지하철에서 봤는데, 반려견 훈련사 아카데미 수강생을 모집한다더라. 딱 네가 생각나더라고!"

사실 내심 8코기들과 함께하는 것은 제 삶을 완전히 뒤바꾸는 결정이 되리라 생각하고 있었습니다. 아직 본격적인 육아가 시작되지도 않았을 때였지만, 사람은 언제나 미래를 생각하게 되잖아요.

일반 가정집에서 개를 8마리나 기를 수 있을까요? 더군다나 웰시코기는 다 자라면 15킬로그램은 너끈히 나가는 중형견입니다. 사람

아이들도 아장아장 걷기 시작하면 발이 닿는 곳은 다 다니면서 이 것저것 만져보고 그러잖아요. 말문이 트이면 귀찮을 정도로 질문도 많이 하고요. 6코기들이 자라서 집 안에서 일제히 뛰어다니고 짖어 댄다면 어떻게 될까요? 언젠가는 이사도 가야 할 겁니다.

또 무엇을 하며 8코기들과 먹고살아야 할까요? 저는 사람 아이 키우는 것과 반려견 키우는 것에 드는 정성과 노력이 다르지 않다고 생각합니다. 매일 깨어 있는 시간의 대부분을 일터에서 아이들과 떨 어져 보내면서 아이들 각자에게 충분한 애정을 쏟을 수 있을까요?

이전과 같은 삶을 살 수는 없을 것이며, 앞으로 아주 많은 것을 포기해야 하리라 각오하고 있었지요. 제 일과 직업조차도요. 결국 10년간 다니던 회사를 그만두고 반려견 훈련사 교육과정을 수강하 게 되었습니다. 모두 왕엄마의 지지 덕분에 가능한 일이었습니다.

안타깝게도 아카데미는 일반인들이 배우기에는 시간적, 금전적 제약이 컸기에 1기를 마지막으로 끝이 났습니다. 하지만 6개월간의 교육과정을 통해 세 개의 자격을 획득할 수 있었고, 돈보다 귀한 가 르침을 얻었습니다. 단순히 개를 사랑하고 예뻐하는 일을 넘어서, 아이들이 진정 필요로 하는 것을 주어야 한다는 걸요.

ㅂ코기 육아 일기
: 1년 교육이 평생을 좌우한다

왕아빠는 훈련사 아카데미에서 배운 내용을 그날그날 8코기들을 대상으로 실습했습니다. 그러다 보니 아이들 사이에 점점 질서가 세워지기 시작했지요.

그전까지는 정말 아비규환이었어요. 6코기들이 아직 젖도 떼지 않았는데, 제니는 마치 '육아 파업'이라도 선언한 듯 출산 전 꼬마 제니의 모습으로 돌아가버렸습니다. 살살 달래서 6코기들 젖을 먹이는 데까지 성공하더라도, 제니는 젖만 먹이고는 아기들 배변 처리도 해주지 않고 이내 쌩 떠나버렸어요. 결국 아이들 배를 문질러서 소변과 대변을 보게 하고 일일이 닦아주는 것은 왕아빠 왕엄마의 몫이 되었습니다. 그러기를 십여 일, 어느새 6코기들은 아장아장 걷기 시작하고, 이유식을 먹게 되었습니다.

그때부터가 진짜 시작이었어요. 보이지 않아 어딜 갔나 찾아보면 밥그릇 안에 들어가 있고, 밥을 먹다 그릇에 얼굴을 처박고 잠을 자는 바람에 하나하나 닦아주어야 했습니다. 뿐만 아니라 녀석들이 여기저기 돌아다니면서 소변과 대변 폭탄을 떨구고 다니는 바람에 수도 없이 지뢰를 밟아야 했지요.

그러던 8코기네에 질서와 안정을 가져다준 것은 바로 교육이었습니다! 왕아빠는 우선 켄넬 교육을 시작했습니다. "배변 교육이 제일 시급해 보이는데, 켄넬 교육이라니?" 하실 수도 있겠지만, 배변 교육이 곧 켄넬 교육의 연장선상에 있거든요. (켄넬 교육과 배변 교육의 연관성에 대해서는 뒤에 자세히 다루겠습니다.) 켄넬 안에서 시간을 보내며 환경에 적응할 수 있도록 하다가 다섯 시간마다 한 번씩 밖으로 나와 배변판에 배변하게 유도하였습니다. 이때 한 명씩 이름을 부르며 콜링 교육도 병행하였습니다. 또 향후 산책할 때를 대비하여 이제 막 아장아장 걷기 시작한 아이들에게 반려인과 나란히 걷는 연습을 시켰습니다. 묵직한 웰시코기 여덟 마리가 치고 달려 나가려

한다면 통제 못하고 속절없이 끌려다닐 수밖에 없을 테니까요.

반려견 교육의 최적기는 생후 2개월에서 6개월 사이입니다. 이때 가 소위 반려견의 '천재 시기'로, 아이들은 가르치는 내용을 스펀지 처럼 쏙쏙 습득한답니다. 안 좋은 습관은 쉽게 바꾸고, 좋은 습관은 확고히 정착시킬 수 있는 시기라는 것이지요. 아이들이 가장 예쁘다고 하는 이 시기가 최고의 교육 시기이기도 하다는 사실을 아는 보호자들이 얼마 되지 않아 안타깝습니다. 이 시기에 교육을 시작해서, 한 살이 되기 전까지 꾸준히 반복해주면 이후의 삶 가운데서도 정말 수월하게 모든 것을 누리며 함께할 수 있습니다. (이와 관련해서는 뒤에 좀 더 자세히 설명해드리도록 하겠습니다.)

리치와, 리치라는 이름을 지어준
왕엄마 둘째 언니의 둘째 딸 수인이.

잘 자네! 하루 종일 자네!

거긴 물그릇인데…

뭐 사 왔어요?

안 돼…. 그러지 마 제발. ㅠㅠ

대참사.

2장

우당탕쿵탕 8코기네
시골 생활 도전기

왕엄마 왕아빠의 맹모삼천지교!
이사를 결심하다!

드디어 6코기들이 달리기 시작했습니다! 당시 우리가 살고 있던 개포동의 달맞이 공원은 개들이 산책하기 정말 좋은 곳이었지만, 다니는 사람들이 많았습니다. 아무리 철저히 교육했다 해도 여덟 마리와 함께 산책하다 보면 민폐가 될 수 있겠다 싶어 고민했습니다. 그래서 두 마리씩 네 번 산책을 다녀오거나, 한 마리씩 여덟 번 산책을 다녀오기도 했지요. (아마 누군가 그런 우리 모습을 보고 있었다면, 굉장히 의아하게 생각했을 것입니다.) 여덟 마리가 다 함께 출동하는 일은 모두가 출근한 시간이나 늦은 밤중에나 겨우 가능했습니다.

그런데 그즈음 잇따른 개물림 사고로 개들에 대한 통제가 강화되기 시작했습니다. 사람들의 시선도 싸늘해졌고요. 반려견 가정은 빠르게 증가하는데, 반려문화는 그를 따라가지 못하는 지체 현상이 일어나고 있던 시기였습니다. 우리 부부는 상의 끝에 결단을 내렸습니다.

"아무래도 서울 생활을 접어야 할 것 같아."

그때부터 각종 부동산 사이트와 경매 사이트를 뒤지기 시작했습니다. 주말이면 6코기들을 재워놓고 레고와 제니만 차에 태워 NEW 8코기하우스를 찾아다녔고요. (개들이 다니고 살기에 좋은 곳이어야 하니까요. 이럴 땐 엄마 아빠가 나서야지요.)

경기도 양평과 가평의 모든 매물을 확인했다고 해도 과언이 아닐 것 같습니다. 그랬는데도 마땅한 곳을 찾지 못했지요. 거의 포기하기 직전에 이르렀을 때, 바로 지금 우리가 자리 잡고 살고 있는 유콜잇러브 애견펜션의 터를 만났습니다.

이제 개방석이
비좁아졌어.

주말은 보금자리 찾는 날

무럭무럭 자라는 6코기들을 보며 우리 부부의 마음은 조급해졌습니다. 바쁜 일과 속에서 틈틈이 시간을 쪼개어 매물을 찾고 답사를 다녔지만, 왠지 어딘가 조금씩 아쉬웠어요. 산이 좋은 곳은 물이 부족했고, 물이 많은 곳은 위치가 좋지 않았죠.

거듭 허탕 치기를 약 한 달. 이대로 영영 못 찾는 게 아닐까, 우리가 찾고자 하는 삶의 터전은 정말 어디에도 없는 게 아닐까, 하는 생각에 포기하고 싶어지는 마음을 애써 고쳐먹고 다시 컴퓨터 앞에 앉기를 여러 번이었습니다.

그날도 그런 날들 중 하나였습니다. 여느 때처럼 매물을 뒤져보고 있는데, 양평 끝자락 도원리에 위치한 펜션이 번뜩 눈에 들어왔어요. 서울 강남에서 80킬로미터 정도 떨어진 곳이었지요.

하지만 사실 차로 약 1시간 반을 달려 마주한 펜션의 첫인상은 그리 좋지 않았어요. 여름에만 손님이 드문드문 방문하는 잘 알려지지 않은 곳이었는데, 그래서인지 펜션동 세 채와 가건물로 된 시설, 여섯 평 남짓한 관리동이 모두 전혀 관리되지 않아 노후한 상태였지요. 딱 봐도 아예 허물고 처음부터 다시 짓거나, 최소 리모델링을 해야 한다는 판단이 섰어요. 시설 자체만 놓고 보면 결코 마음에 든다고 말할 수 없는 곳이었지요.

그렇지만 펜션을 포근하게 감싸 안은 산과 펜션 앞을 흐르는 계곡은 모든 단점을 잊어버리게 할 만큼 최고였습니다. 겨울마다 눈 덮인 산을 마음껏 뛰어다니고, 여름에는 시원한 계곡물에서 수영하며 더위를 식힐 아이들의 모습을 상상하니, 그것만으로도 가슴이 뿌듯해지는 것 같았습니다. 아이들 키우기에 이보다 더 좋을 순 없겠다는 생각에, 결국 그날 약 두 달여 만에 우리의 새로운 삶의 터전을 결정하게 되었습니다.

8코기 마음을 훔친 계곡.

처음부터 쉬웠던 건 아니에요, 좌충우돌 시골 적응기

2015년 10월, 드디어 왕아빠는 서울과 양평을 오가며 이주(?) 계획을 세우고 보금자리를 준비하기 시작했습니다. 왕엄마와 8코기들을 서울에 남겨두고 혼자 내려와서는, 펜션 곳곳을 하나하나 살펴보면서 해야 할 일들을 적어나갔습니다. 온통 손봐야 할 곳투성이였습니다. 하지만 무엇보다 어려웠던 점은 30여 년 가까이 서울에서만 살다가 시골에 오게 된 까닭에 아는 게 하나도 없었다는 것입니다. 밤낮으로 웹서핑을 하며 시골 생활에 대한 지식을 하나씩 쌓아가야 했지요.

흔히들 시골은 텃세가 심하다고 하는데, 직접 와서 살아보니 왜 그런 말이 나오는지 뼈저리게 깨달을 수 있었습니다. 우선 시골에는 작은 마을이라 해도 이장, 반장, 노인회장, 새마을지도자, 부녀회장 등 마을의 대소사를 책임지는 직책들이 있고, 그들을 중심으로 모든 가구가 거미줄처럼 연결되어 있습니다. 그만큼 유대가 끈끈하고 공동체를 우선시한다는 것인데, 서울에서 일절 남의 간섭받지 않고 살던 사람이라면 그러한 분위기를 답답하게 느낄 수밖에 없습니다. 또 기존에 살던 사람들 입장에서도 수십 년간 함께 살며 이루어 온 공동체 질서 속에 낯선 사람이 떡하니 들어와서 "나 여기 살 테니, 그런 줄 아시오" 하면 당혹스러울 수밖에 없겠지요. 돈이 있어 집과 땅을 장만했다고 다가 아닌 것이 바로 시골 생활이었습니다.

저 같은 경우는 정말 운 좋게도 이사 오고 며칠 지나지 않아 나이 비슷한 마을 형님들이 먼저 찾아오셔서 이런저런 마을 돌아가는 얘기를 들려주신 덕분에 정말 수월하게 마을 사람들을 접할 수 있었습니다. 저 역시 이장님과 노인회장님께 인사드리고 마을회관에도 찾아가는 등 계속 지역사회에 얼굴을 비추려고 애썼습니다. 함께 식사도 하고 술도 한잔하며 친분을 쌓아갔지요.

그러다 보니 어느새 새마을지도자가 되어 있는 저를 발견하게 되었어요. 새마을지도자는 동네 청소부터 나무 심기, 잡초 뽑기, 방역에 이르기까지 마을 주민들을 위한 각종 사업에 자원봉사하는 자리인데요. 물론 감투를 쓰면 일은 많아지겠지만, 도원리에 아무 연고도 없는 저는 이웃과 알고 지낼 수 있고, 적응하는 데도 도움이 되리라 생각하여 봉사하는 마음으로 그 직책을 맡았습니다. 그 덕에 한 달에 한두 번 정도는 새벽 다섯 시에 일어나서 마을 일을 하는 부지런한 개미가 되었지요.

아무리 작은 시골이라 해도 다양한 생각들이 존재하고, 의견 충돌도 종종 일어나는 또 하나의 복잡한 세상입니다. 나보다는 남을 위하고, 내 의견을 주장하기보다는 다른 사람들의 의견을 들으려 노력했습니다. 좀 손해 보는 것 같아도 최대한 나를 낮추며 묵묵히 내할 일을 해나가는 시골 생활을 이어갔습니다.

오늘도 가자! 일하러!

시작부터 찾아온 난관

마을 사람들과의 교류도 중요했지만, 우리 가족이 살 보금자리를 꾸미는 일이 더 시급했습니다. 옛날 문방구 같은 가건물들에는 온갖 잡동사니들이 트럭에 실어도 몇 대는 나올 만큼 가득 차 있어 아무리 당장 급하다고 해도 도저히 쓸 수 없을 것 같았고, 80년대 스타일의 작은 관리동 건물 역시 정말 말 그대로 그저 살기 위해 갖다 놓은 듯 흉물스럽기까지 한 이동식 주택이었습니다. 거기에 주먹구구식으로 다닥다닥 이어 붙인 판넬 창고들까지. 하나같이 우리가 홀딱 반한 도원리의 자연 풍경과는 너무나도 어울리지 않는 것들이었습니다. 결단을 내렸지요. 모두 철거하고 우리의 보금자리를 새로 지어야겠다고요.

건축업자들을 만나보고 동네 주민분들의 조언도 들어보았지만 역시 결국 문제는 돈이었습니다. 정말 우리 마음에 드는 집을 지으려면 엄청난 돈이 들겠더라고요. 그래서 소개에 소개를 거쳐서 우리 마을에 사는 한 업자분을 만났는데, 우리가 가진 자금 수준에 맞춰서 저렴하게 원하는 집을 지어주겠다고 하였습니다. 여러 번 만나서 이야기 나눈 뒤, 그래도 같은 마을에 사는 사람이 낫겠지, 하고 3월에 완공하는 조건으로 계약하였습니다.

착수금을 지급하고 며칠 뒤, 낡은 이동식 주택과 조립식 건물들은 모두 철거되고 나무 자재를 실은 2.5톤 트럭이 도착했습니다. 땅을 파고 집을 짓기 위한 기초 공사를 하는 것까지 어느 정도 마무리되자, '아 이제 시작이구나!' 마음이 들뜨고 신이 났습니다. 하지만 그것도 잠시. 11월에 반짝하고 시작한 공사는, 12월이 지나고, 1월, 2월이 되어도 진척되지 않았습니다. 공사가 차일피일 미루어지는 영문을 물었더니 추워서 못 한다는 변명만 돌아왔고요.

뒤늦게 뭔가 잘못됐다는 것을 깨닫고 수소문해보니, 사실 우리가 공사를 맡긴 업자는 일만 벌여놓고 수습을 제대로 안 하기로 유명한 사람이었습니다. 이러다간 저렇게 어영부영하다 끝나겠구나 싶어 살살 달래서 무엇이 문제인지 들어보았어요. 그런데 우리에게 받은 착수금으로 대충 자재 사고 기초 공사를 하는 척하고서 남은 돈은 모

드디어 공사 시작!…일까요?

두 다른 공사에 써버렸다는 게 아니겠어요! 화가 머리끝까지 치밀어 올랐지만, 여기서 멈추면 우리만 손해라는 생각에 그다음부터는 필요한 자재를 일일이 직접 구매해주는 방식으로 일을 진행했습니다.

졸지에 건축주에서 건축업자가 되어버리고 말았습니다. 그것만으로도 어안이 벙벙한데, 이것저것 계산해보니 공사 견적 자체가 말도 안 되게 잘못되어 있다는 것을 알게 되었습니다. 업자가 도리어 손해를 보는 견적이었으니까요. 그렇다고 멈출 수는 없었습니다. 8코기와 왕엄마가 눈이 빠지게 기다리고 있었거든요. 하지만 아무리 머리를 굴려봐도 애초에 약속했던 3월 준공은 진작 글렀고, 업자는 늦어도 4월까지 공사를 마치겠다고 했지만, 딱 봐도 최소 6월은 되어야 준공될까 말까 해 보였습니다.

공사 기간이 길어지면 자금이 부족해질 게 뻔하니 지출을 줄여야 했습니다. 매일매일 건축 상황과 해야 할 일들을 업자와 인부들에게 일일이 일러주며 일을 마칠 때까지 계속 옆에서 도왔습니다. 무려 세 달 동안 새벽부터 밤까지 정말 쉬지 않고 일했습니다. 인부들 아침 점심 끼니까지 직접 챙겨주면서 함께 집을 지었지요. 시내에 나가서 밥을 먹으면 식비도 식비지만, 시간을 뺏기게 되니까요. 그렇게 일해도 밤 열 시가 넘어서야 일이 끝나는 날들이 허다했습니다. 그래도 건축주가 옆에서 몸 사리지 않고 일하니 일꾼들도 쉬지 않고 열심히 일했습니다.

　그리고 마침내 2016년 6월, 8코기하우스가 준공되었습니다. 하지만 공사를 마쳤다고 건축이 끝난 것은 아니었습니다. 보일러실 공사, 외부에 노출된 배관 정리, 지붕 마감 마무리, 2층 계단 및 창고 만들기 등등 마무리 작업들이 수두룩하게 남아 있었거든요. 하지만 예산은 이미 바닥이 났고, 업자는 손을 놓아버렸습니다. 그렇다고 여기까지 왔는데 포기할 수는 없었습니다. 나머지 일들은 시간 날 때마다 틈틈이 하기로 마음먹고는 펜션 오픈에 박차를 가했습니다.

목수, 전기설비업자, 수도배관공, 나무꾼…
왕아빠의 능력은 어디까지인가

얘들아, 여기서 놀면 다친다…

보금자리 공사가 한창일 무렵, 8코기와 왕엄마까지 이사를 왔습니다. 함께 겨울을 나고, 봄을 맞이했지요. 우리는 7월에 애견펜션을 오픈하는 것을 목표로 3월부터 차근차근 준비를 시작했습니다. 이때부터는 왕엄마의 능력이 발휘되기 시작했습니다. 서울 살 때부터 틈틈이 공부한 인테리어가 펜션 내부를 꾸미는 데서 빛을 발한 것이지요.

우리 아이들이 안전하고 즐겁게 뛰어놀 수 있는 공간도 마련해주어야 했어요. 우선 거의 폐허에 가까웠던 운동장에 덤프트럭 17대 분량의 흙을 부어 나르고 포크레인으로 수평을 잡았습니다. 그 다음에는 전라도에서 무려 25톤이나 되는 잔디를 공수해 와서는, 500평에 달하는 부지에 직접 깔아 운동장 준비를 마쳤습니다.

우여곡절 끝에 우리는 목표했던 7월에 유콜잇러브 애견펜션을 오픈하게 되었습니다. 왕아빠가 펜션 시설과 데크 공사를 하는 동안, 왕엄마는 청소와 손님 접대를 맡았는데, 특유의 꼼꼼한 성격 덕분에 손님들의 만족도가 매우 높았습니다.

잔디를 깔자.

겨울부터 여름까지 하루 종일 꼬박 일했지만 여전히 할 일은 태산같이 쌓여 있었습니다. 또 7월은 휴가철 성수기라서 펜션을 찾는 손님들도 많았습니다. 완전히 녹초가 되어버리는 나날들이 이어졌지만 언제나 함께하는 8코기들이 우리의 쉼이 되어주었습니다. 8코기들이 선사해주는 행복은 고된 하루하루를 견디게 하는 특별한 이벤트가 되어주었지요.

왕아빠, 힘들죠?

왕아빠 왕엄마의 비타민, 8코기들.

지붕에서 떨어져
응급실행

밤낮 가리지 않고 쉴 틈 없이 일하다 보니 종종 아찔한 순간들을 경험하기도 했습니다. 왕아빠가 2층 창고 공사를 하던 어느 날이었습니다. 이것만 더 하자, 조금만 더 일하자, 하며 욕심을 부리다 보니 어느새 해가 뉘엿뉘엿 다 저물어버렸지요. 그런데 그때 발을 딛고 있던 나무 지지대가 빠지면서 왕아빠는 그만 균형을 잃고 바닥으로 쿵 하고 떨어지고 말았습니다. 왕엄마는 피를 흘리며 들어오는 왕아빠를 보고 깜짝 놀라 빠르게 응급처치한 뒤 부리나케 서울 중앙병원 응급실로 차를 몰았지요.

그런데 간호사가 3미터 높이에서 떨어졌다는 말을 잘못 알아듣고, 의사에게 3층에서 떨어졌다고 전달하는 바람에 웃지 못할 해프닝이 일어나기도 했습니다. "3층에서 떨어졌는데 저렇게 여유로울

높은 곳에서 일할 때는
항상 조심하세요.

3층에서(?)
떨어지고도 무사한
기적의 사나이.

수가." 모든 이들이 왕아빠를 주목하며 수군거렸고, 왕아빠는 팔에 '고위험군 환자'라고 쓰인 팔찌를 차고 과하다 싶을 정도의 진료를 받게 되었습니다.

하지만 진단 결과는 눈썹이 찢어지고 네 번째 손가락이 골절되었다는 것뿐이었습니다. 인테리어업에 종사하는 친한 동생은 병문안을 와서, 같이 일하던 사람 중에 30센티미터 높이에서 넘어져서 죽은 사람도 있는데 3미터에서 떨어져서 이 정도면 천만다행이라고 입에 침이 마르게 이야기하였습니다. 그 말을 들으니 하마터면 큰일 날 뻔했는데 다행히 가볍게(?) 마무리되었구나, 행운은 우리 편이구나, 라고 생각하게 되었습니다.

아무래도 젊은 시절 운동을 많이 했던 가닥으로 부지중에 멋진 낙법을 시행하여 목숨을 구할 수 있었나 봐요. 우리는 여유 있게(?) 응급실을 나왔지만, 20바늘 꿰맨 눈썹의 상처는 영광의 흉터로 남았습니다. 그 뒤로 한 가지 교훈을 얻었지요. 아무리 욕심이 나도 절대 밤에는 일하지 말자.

뾰끼네가 [쥐, 지네, 말벌, 뱀, 나방] 을(를) 물리쳤습니다

가짜 코빼기슛!

산 좋고 물 좋아 살기 좋은 도원리. 하지만 환경이 좋아도 너무 좋아서인지 서울에서는 못 보던 친구들을 만나게 되어 당혹스러울 때가 종종 있습니다. 왕아빠가 볼일이 있어 잠시 서울에 나갔던 어느 날이었습니다. 왕엄마에게 전화가 와서 받아보니, 수화기 너머로 다급한 목소리가 들려왔어요.

"뱀이다!"

잔뜩 흥분한 목소리로 애들이랑 산책하는 길에 뱀이 나타났는데

이걸 어쩌냐고 묻는데, 제가 멀리 나와 있으니 도와줄 방법이 없어 그냥 일단 그대로 두라고 하고 전화를 끊었습니다. 그로부터 약 5분 뒤 사진 한 장을 보내온 왕엄마. 웬 집게로 뱀을 붙잡고 있었지요. 뱀은 새끼였지만, 그래도 길이가 30센티미터는 되어 보였어요. 왕엄마는 그대로 길을 거슬러 올라가 잡은 뱀을 산에 놓아주고 왔다고 했습니다.

왕엄마가 이렇게 씩씩한 사람입니다. 왕아빠도 어지간해서는 겁이 없는 편이지만, 무서워하는 것이 딱 하나 있습니다. 그것은 바로 쥐! 그런데 시골에는 왕아빠의 천적 쥐가 엄청나게 많습니다. 쥐가 나타나면 왕아빠는 기겁을 하고 멀찌감치 달아나서는 왕엄마만 애타게 찾아요. 그러면 왕엄마는 열심히 쥐덫을 설치하고, 잡힌 쥐를 처리해줍니다. 그럴 때마다 왕아빠는 생명의 은인이라며 왕엄마를 극진히 받들어 모시곤 하지요.

또 시골 생활에서 벌레들을 빼놓을 수 없지요. 어느 날은 아무 생각 없이 8코기들과 마당에서 놀고 있는데, 뭔가 서늘한 느낌이 들었어요. 아니나 다를까 길이가 20센티미터나 되는, 약재상에서나 볼 법한 거대한 지네가 기어오고 있는 게 아니겠어요. 철없이 잘 놀고 있는 8코기들이 지네에게 물리면 많이 아플 테니 하는 수 없이 파리채를 들고 저세상으로 보내버렸지요. 나중에 동네 형에게 엄청 큰 지네가 나왔다고 연락했더니, 그거 비싸니까 잘 모아두라는 소리만 듣고 황당했던 기억이 있습니다.

8코기네 흔한(?) 산책 시간. 뱀을 만났어요.

어느 볕 좋은 여름날에는 마당에 나왔다가 거대한 말벌들을 만나기도 했습니다. 처음에는 누가 벌집을 건드렸나 했는데, 자세히 따라가 보니 집 근처 전봇대에 커다란 말벌집이 있더라고요. 그곳을 다른 말벌들이 침범하면서 펜션 안마당에 때아닌 말벌 전쟁이 일어난 것이었죠. (시골에는 말벌이 참 많고 그 종류도 다양합니다. 우선 엄지손가락보다 크고 가장 위험한 장수말벌이 있고, 그다음으로 시골말로 왕탱이라고 하는 엄지손가락만 한 말벌이 있는데, 벌주를 담그기 좋다고 해요. 그리고 세 번째가 우리가 흔히 알고 있는 일반 말벌, 네 번째가 날씬한 체구와 연노란색 줄무늬를 가진 말벌입니다.)

말벌 전쟁은 제 힘으로 제압하기엔 역부족일 것 같아 119를 불렀습니다. 그런데 한여름에 완전무장을 하고 벌을 잡으시는 119 대원들을 보니 다음부터는 가급적 다시 부르지 말아야겠다는 생각이 들었어요. 이후로는 호스로 강력한 물대포를 쏴서 벌집을 떨어뜨린 후 화염 토치로 떨어진 벌집과 벌들을 마무리(?)해주었지요. 이렇게 적으니 좀 잔인한 것 같지만, 아무튼 그렇게 말벌과의 전쟁에서 승기를 잡게 되었습니다. 말벌 한 마리를 잡으면 꿀벌통 하나를 지킬 수 있다는 말이 있습니다. 왕아빠는 꿀벌 지킴이가 된 것이지요.

또 여름날 저녁 바비큐 파티를 할 때는 항상 어김없이 나방들이 나타나요. 마치 고기 냄새라도 맡고 오는 것처럼 귀신같이 나타나는 녀석들이 어찌나 통통한지 우리 부부는 녀석들에게 '바비큐나방'이라는 별명을 지어주었지요. 하지만 평화로운 식사를 방해하는 녀석들을 그대로 둘 수는 없으니, 잠자리채를 손에 들고 하나둘 숫자를 세면서 나방을 잡았습니다. 유명한 중국 매미나방부터 수많은 종류의 나방이 출현했습니다. 평균적으로 하루에 200마리씩은 잡았으니 보통 일이 아니었지요. 이장님께 도움을 구하니 나방 전문 퇴치기가 있다고 알려주셔서, 펜션 곳곳에 설치했습니다. 그리고 다음 날 들여다본 퇴치기 안에는 어마어마한 양의 나방들이 잡혀서 파닥이고 있었습니다. 이후로는 나방의 수가 현저히 줄었습니다.

칸이 뱀에 물렸어요

　날씨 좋은 어느 가을날이었습니다. 8코기들과 계곡에서 물놀이를 하고 집으로 돌아오는데 6코기 중 첫째 칸이 조금 이상했습니다. 이리 오라고 불렀더니 뒷다리를 살짝 절면서 왕아빠 앞에 발라당 누워버리는 게 아니겠어요. 살펴보니 피가 나고 있었습니다. 물놀이할 때 늠름하게 돌무더기에 올라가더니 아무래도 돌과 돌 사이 틈새에 발이 끼어 상처가 났나 보다, 했습니다. 집으로 돌아오는 길, 다리를 절면서도 엄살 한 번 안 부리고 늠름히 따라오는 칸이 안쓰러워 들쳐 안고 집으로 와서 상처를 소독해준 뒤 켄넬에서 쉬게 하였습니다.

그런데 아무리 생각해도 뭔가 석연치 않았어요. 혹시나 하는 마음에 칸이 쉬고 있는 켄넬로 가서 나와보라고 불렀는데, 이 녀석 켄넬에서 나오지 못하는 게 아니겠어요. 반려견이 아플 때 주인이 약한 모습을 보이면 아이들은 더 약해지고 맙니다. 그래서 부러 더 단호하게 빨리 나오라고 했습니다. 마지못해 다리를 절면서 나오는 칸. 역시나 나오자마자 발라당 누워버립니다. 다친 뒷다리를 다시 확인해보니 퉁퉁 부어 있었어요. 일단 부러지진 않은 것 같은데, 무슨 영문인지 알 수 없어 당장 차에 태워 가까운 동물병원으로 향했습니다.

의사 선생님은 엑스레이를 찍어보고는 별 이상 없다며 그냥 찰과상인 것 같다고 하셨지만, 왕아빠는 뱀에 물린 것 같으니 다시 확인해보시라고 했습니다. 결국 칸의 다리털을 깎고 확인해보았더니, 역시나 작은 이빨 자국 두 개가 보였습니다. 뱀에 물린 것이 맞았습니다. 퉁퉁 부은 환부를 있는 힘껏 짜서 피를 빼고는 치료를 시작했습니다. 눈 하나 깜짝하지 않고 치료를 받은 뒤 유리 케이지 안에 들어가 진통제를 맞는 칸의 모습이 왠지 낯설지 않아 마음이 시렸습니다.

뱀에게 물렸으면 해독제를 써야 하는 것이 아니냐고 여쭤보았는데, 의사 선생님은 현실적으로 어렵다고 말씀하셨습니다. 우선 칸을 문 뱀이 어떤 종류인지도 모르고, 해독제가 워낙 고가라 가지고 있는 병원이 없다고 했습니다. 그러면서 해독제를 쓰려면 보통 영국에서 비행기로 공수해 와야 한다고 덧붙이셨지요. '만약에 칸이 이대로 죽으면 어떡하지?' 생각하니 견딜 수 없이 가슴이 아파왔습니다. 그래도 칸에게 약한 모습을 보여줄 수는 없으니 뒤돌아서서 눈물을 흘렸지요. 그러자 칸은 아빠가 어디 가는 줄 알고 고개를 높이 들어 맑은 눈빛으로 저를 바라보았습니다. 그 모습에 예전에 홍역으로 떠나 보낸 지니가 생각나 차 안에서 펑펑 울었습니다.

칸을 입원시키고 불안한 마음을 달랠 길이 없어 연신 정보를 검색했습니다. 다행히 진돗개 전문 유튜브 채널 '우리개연구소'에서 개는 뱀독에 대한 해독 능력이 사람의 5배나 되고, 진통제로 통증을 완화해주면 금방 회복된다는 정보를 찾을 수 있었습니다. 물론 작고 약한 아이들은 죽을 수도 있다고 했지만, 진돗개들의 경우, 뱀에 물려도 끄떡없이 일어난다는 이야기를 듣고 조금 마음을 놓았습니다.

놀랍게도, 한 번 뱀에 물렸던 진돗개는 다시 뱀을 마주하면 아주 가만두지 않는대요. 그 말인즉슨 뱀에 물리고서도 아주 씩씩하게 털고 일어난다는 이야기 아니겠어요? 6코기들 중 가장 덩치도 크고 건강한 칸은 충분히 이겨낼 수 있을 것이라는 확신이 들었습니다. 그리고 칸은 왕아빠의 믿음을 저버리지 않았습니다. 다음 날 늠름하게 일어나서는 아침밥을 뚝딱 해치우고 왕아빠와 산책을 나갔지요. 8코기들은 이전과 다름없이 똑같이 신나는 하루하루를 보냈습니다.

고양이, 너구리 친구들도 함께 살아요

우리 집에는 8코기 말고도 사랑스러운 동물 친구들이 살고 있습니다. 대표적으로 왕아빠가 몹시 예뻐하는 고양이들이 있지요. 왕아빠가 일하고 있을 때면 꼭 나타나서는 밥 내놓으라며 야옹야옹거리던 고양이 두 마리가 있었습니다. 그러면 왕아빠는 똑같이 야옹야옹 하며 기다렸다는 듯 고양이 먹이 캔을 따서 내밀지요. 그런 일이 거듭되자, 처음에는 10미터씩 거리를 두던 아이들이 나중에는 1미터 안쪽 아주 가까운 곳까지 다가와서 아는 척을 하게 되었어요.

그해 겨울 고양이는 새끼를 낳았고, 그 새끼들이 또 새끼를 낳았어요. 그런데 조금 친해질 만하면 사라지고 다른 아이들이 그 자리를 대신하곤 했어요. 안타깝게도 오래 살지 못했던 것 같아요. 이후로는 고양이가 언제든 밥을 먹을 수 있게 사료를 가득 부어주고, 매

일 고양이 먹이 캔도 간식으로 주고 있어요. 고양이들을 위해 무슨 대단한 일을 해줄 수 있는 건 아니지만 작은 도움의 손길이라도 건네며 그렇게 함께하고 있습니다.

능청맞은 너구리 친구들이 찾아왔던 적도 있었어요. 어느 날 산책을 하려는데 8코기 아이들이 죄다 한곳으로 우르르 달려가서는 코를 박고 냄새를 맡아대는 게 아니겠어요? 뭔가 있구나, 생각하고 아이들 무리를 헤치고 들여다보니 야생에서 온 너구리 두 마리가 코를 내놓고 우리 아이들과 인사를 하고 있었어요. 정말 보기 드문 장면이었지만, 혹 병이 있을지도 몰랐기에 아이들을 떼어놓고 상태부터 확인해보았지요. 역시나 털이 엉망이었고, 비실비실한 것이 꼭 며칠 못 먹은 아이들 같았어요. 기력을 찾기를 바라며 부랴부랴 닭가슴살과 개 사료를 그릇에 담아 놔주었지요. 그렇게 너구리들은 8코기 하우스 산책로 중간에 떡하니 누워 여유롭게 일광욕을 하고, 고양이 사료와 개 사료를 나눠 먹으며 2주간 요양하다가 떠났습니다.

봉고기네 이웃사촌 고양이와 너구리 친구.

반려견과 시골에서 살고 싶어요

최근 우리 사회에 반려인구가 늘고 있습니다. 하지만 자극 많은 도시에서 반려견과 산책하기란 결코 녹록지 않습니다. 비반려인과의 마찰로 피로가 쌓이기도 합니다. 그런 연유로 조그마한 마당이 있는 전원주택에서 반려견과 행복하게 사는 삶을 꿈꾸는 분들이 많아졌지요. 물론 개들에게 마당이 있는 것이 없는 것보다는 좋겠지요. 하지만 마당에 풀어놓기만 하면 아이들이 자유롭게 뛰어놀 수 있을 것이라고 생각하시면 큰 오산입니다. 어지간히 크지 않은 이상 아이들에게 마당은 별 의미가 없습니다. 오히려 행인의 소리나 자동차 소리 등 울타리 밖에서 들려오는 여러 가지 소리에 예민해져서 훨씬 심하게 짖게 되기 일쑤입니다.

마당에 나와 있게 하더라도 보호자가 항상 함께 있어주는 것이 중요하며, 아무리 마당 있는 집이라 할지라도 하루 최소 2회 이상은 꼭 야외 산책을 해주셔야 합니다.

게다가 전원주택은 아파트와 달리 지속적인 관리가 필요합니다. 이때 내가 직접 지은 집이 아닌 이상 반드시 명확한 설계도면이 있어야 합니다. 그렇지 않으면 어딘가 망가지거나 낡아서 교체해야 할 때 엄청난 비용이 들거나(서울이나 시골이나 인건비는 무시할 수 없죠. 내가 직접 수리·교체하지 못하고 다른 사람에게 부탁하게 된다면 그게 다 돈입니다), 문제가 있는데도 어디를 어떻게 고쳐야 할지 알지 못해 울며 겨자 먹기로 그냥 살아야 하는 경우가 생깁니다.

마을의 분위기도 굉장히 중요한 고려 요소입니다. 내 돈 주고 내 땅에 내가 집 지어서 살겠다는데 마을 분위기가 무슨 상관이냐고 생각하시는 분들이 많은데, 오랫동안 한동네 살며 이웃집 숟가락 개수까지 알고 지내온 시골 사람들은 외지에서 온 사람들을 낯설게 생각할 수밖에 없습니다. 또 이사 온 사람들도 마을의 문화에 적응해야 하는데, 그게 좀처럼 쉽지 않은지라 정을 못 붙이고 떠나기가 부지기수입니다. 명심하세요. 내 입장에서는 당연한 일이 누군가에게는 당연하지 않을 수 있고, 법보다 우선적으로 고려되는 공동체의 규범이 있는 경우도 있습니다. 신중히 선택하시길 바랍니다.

시골에 산다고 마냥 행복하기만 한 건 아니에요.

3장

행복한 8코기네
리틀 포레스트

8코기네의 아침

앞서 우리가 가족이 되기까지, 그리고 전원생활을 시작하기까지 의 이야기를 들려드렸습니다. 이 장에서는 8코기네의 일상과 계절에 따른 생활 풍경들을 보여드리고 싶어요.

둥근 해가 떠오르면 왕엄마 왕아빠는 자리에서 일어나 8코기들에 게 아침 인사를 하러 갑니다. 간밤에 숙면을 취하라고 쳐주었던 커 튼을 걷고 켄넬 문을 열면 아이들은 꼬순내를 폴폴 풍기며 일어나지 요. 6코기들의 아빠 레고는 아침부터 눈이 반짝반짝하고요. 유독

반쪽이는 잠꾸러기.

레고의 성격을 많이 닮은 다섯째 리치 역시 아침부터 컨디션이 최상입니다!

제니, 칸, 아인이, 코코, 에디까지 모두 일어났는데 이상하게 아이들이 마당으로 나오지 않네요? 왜일까 하고 안을 들여다보니 우리 눕방 대장 반쪽이가 온몸에 졸음을 주렁주렁 달고 길을 턱 가로막고 누워 있습니다. 어르고 달래서 일어나 마당에 나오게 하는 것으로 하루를 시작합니다.

8코기들의 합동 기상은 꽤 요란합니다. 어제 하루 종일 다 함께 신나게 놀았으면서 밤사이 잠깐 떨어져 있다 만났다고 저렇게 반가워할까요? 서로 뛰어 다니고 짖어대며 아침 인사를 나누고 서로의 안부를 묻습니다. 그러다 볼일도 보고요.

여덟 마리 모두 볼일까지 다 보고 나면 짧은 아침 산책을 떠납니다. 계곡으로 이어지는 울타리 앞에만 서면 아이들은 신나서 어쩔 줄 몰라 하지요. 그래도 왕아빠가 밖에 차가 다니지는 않는지, 위험한 것은 없는지 확인하기 위해 "기다려" 하면 얼음 자세로 꼬리만 살랑살랑 흔들면서 기다려준답니다.

기다리고 기다리던 "오케이!" 사인이 떨어지면 8코기들은 저 아래 계곡을 향해 신나게 내달립니다. 그렇게 오늘도 맑은 계곡 물소리와 새들의 지저귐과 함께 8코기네의 아침이 시작됩니다.

개에게도 자기만의 방이 필요하다!

　사람이 살아가기 위해서는 의식주가 해결되어야 하지요. 반려견들에게도 사는 데 필요한 몇 가지가 있는데, 그중 하나가 집입니다. 사람이 편히 쉬기 위해, 잠을 자기 위해, 안전을 위해 집을 필요로 하는 것처럼 반려견들도 휴식을 취할 수 있는 공간을 필요로 합니다.

　저는 여기서 켄넬에 대해 이야기해보고자 합니다. 켄넬은 쉽게 말해 '개집'이라고 할 수 있는데요. 우선 한 가지 여쭙고 싶습니다. 여러분들의 반려견은 자기 집을 가지고 있나요?

　반려견을 맞이할 때 기본적으로 켄넬 하나쯤은 장만해두시는 분들이 많습니

다. 하지만 시간이 지남에 따라 소위 말하는 '마약방석'이 반려견의 집을 대신하고, 켄넬은 장난감 정리함으로 전락하게 되는 경우가 많지요.

한 가지 더 질문드리고 싶습니다. 개들의 수면 시간이 얼마나 되는지 알고 계시나요? 많은 분이 "글쎄요. 내가 자면 반려견도 자고, 내가 일어나면 반려견도 일어나 있어요. 그러니 한 일고여덟 시간 정도 되지 않을까요?"라고 말씀하십니다. 하지만 실제 개들의 수면 시간은 우리가 생각하는 것보다 훨씬 깁니다. 한 보호자 분께서 본인이 출근한 뒤 우리 아이는 무엇을 하는지 궁금해서 CCTV를 설치하여 지켜보셨다고 해요. 그랬더니 별다른 행동은 하지 않고 현관문 앞이나 방석 위에서 잠만 잤다고 합니다. 혼자 외롭고 심심해서 그런가, 가슴이 아파서 고민 끝에 둘째를 들여 함께 있도록 했다고 합니다. 그런데 이번에는 둘이서 같이 자고 있었다는 게 아니겠어요? 이상한 현상이 아닙니다. 반려견들의 수면 시간은 생후 2개월에서 6개월 사이는 18~20시간, 6개월에서 2살까지는 15~18시간입니다. 3살 이후에는 다시 18~20시간 정도로 길어집니다. 물론 개들마다 편차는 있겠지만, 여기서 크게 벗어나지 않습니다.

그런데 보호자와 함께 있으면 반려견들은 대체로 편히 쉬지 못합니다. "우리 아이는 제가 있어도 옆에서 잘만 자던데요" 하시는 분들도 종종 계시는데, 간식 봉지 소리나 인기척을 한번 내보세요. 언제 잤냐는 듯 눈을 동그랗게 뜨고 바라보는 반려견의 모습을 보실 수 있을 거예요. 보호자와 함께할 때는 반려견들이 보호자의 움직임에 즉각 반응하기 위해 항상 준비하고 있다는 뜻이지요.

결국 보호자와 함께 있으면 반려견들은 행복하긴 하겠지만, 제대로 쉴 수 없어 피로한 상태가 될 수 있습니다. 보호자가 잘 때 함께 자고, 나머지는 보호자가 출근하거나 외출했을 때 보충하면 되지 않겠느냐 생각하실 수도 있지만, 훨씬 더 좋은 조건에서 휴식을 취하게 해줄 수 있는 방법이 분명 있습니다. 그런데 그 방법을 잘 모르는 분이 많은 것이 현실이고요.

사람의 주거 형태 중 아파트의 경우를 예로 들어 생각해보겠습니다. 아파트에 들어가려면 우선 경비실을 지나고, 각 동 현관을 통과해야 합니다. 엘리베이터를 타고 목적 층에 도착하면 집으로 들어가는 현관문을 만나고요. 그 현관문으로 들어오면 또 각각 나뉜 방마다 문이 있지요. 그만큼 모든 사람이 안전과 나만의 공간을 중요시하고 있다는 것입니다.

잠을 잘 때도 수면의 질을 높이기 위해 좋은 침대와 베개를 마련하는 등 환경을 개선하려 노력하지요. 요새는 반려견을 위한 마약 방석도 많이 나와 있습니다. 보호자가 반려견이 자는 모습을 지켜볼 수 있기에 인기가 많습니다만, 방석은 말 그대로 방석일 뿐 집이 아니기에 썩 권하고 싶진 않습니다. 우리도 아무리 편한 사람이라고 해도 남들이 지켜보는 가운데 밝고 환한 곳에서 휴식을 취하라고 하면 조금 불편하잖아요. 반려견도 사람과 마찬가지로 휴식을 취할 때는 어둡고 조용한 곳, 쾌적한 곳을 좋아합니다.

거실이나 베란다에 반려견을 두시는 분들도 있는데, 그런 경우 아이들이 예민해져 많이 짖게 될 수 있습니다. 외부의 소음과 빛에 그대로 노출되기 때문이지요. "그렇다면 아예 방을 하나 따로 내주는 것이 나을까요?"라고 생각하실 수도 있을 것 같습니다. 실제로 방에 들어가게 하고 문을 닫아주시는 분들도 계십니다. 이 방법은 거실이나 베란다에 두는 것보다는 낫지만, 아이가 갇혔다고 생각해서 벽지를 뜯고 문을 긁거나 하울링을 할 수도 있어요.

그렇다면 무엇이 반려견을 위해 가장 좋은 방법일까요? 바로 켄넬입니다. 켄넬은 삼면이 막혀 있어서 빛을 차단하기도 좋고, 반려견이 정면만 지키고 뒤쪽에는 신경을 쓰지 않아도 되기에 심적으로도 훨씬 편안해집니다. 문을 닫았을 때는 사면이 모두 차단되기에 완전한 자기만의 공간을 확보할 수 있어요. 또 이동성이 좋아서 손쉽게 들고 다니며, 시끄럽거나 낯선 공간에서도 반려견이 편히 쉬고 안정감을 느끼게 해줄 수 있어요.

켄넬을 효과적으로 사용했을 때 좋은 점은 이외에도 여러 가지가 있습니다.

첫째, 반려견의 분리 불안을 완화할 수 있습니다. 간혹 보호자와 멀어졌을 때 짖거나 물어뜯거나, 하울링을 하거나 자해를 하는 아이들이 있는데, 켄넬 교육을

켄넬이 없으면 편히 쉴 수 없어요.

잘 하면 이 같은 증상이 사라질 수 있습니다.

둘째, 외부 자극에 지나치게 예민하지 않게 되어 짖는 빈도가 줄어들 수 있습니다. 따로 켄넬을 가지고 있지 않은 반려견들은 집 전체를 하나의 거대한 켄넬로 인식하게 됩니다. 그래서 집 밖에서 들려오는 말소리나 벨소리, 손님이나 택배 기사님의 방문 등 안팎에서 발생하는 모든 자극에 반응하는 것이지요. 잘 모르시는 분들은 반려견을 켄넬에 들어가 있게 하면 왜 아이를 가둬놓느냐고 하세요. 하지만 반려견들에게는 켄넬이나 집 전체나 크게 다르지 않습니다. 크기가 다를 뿐 실내에 있다는 것은 마찬가지예요. 개들은 아무리 넓은 집 안에서 돌아다녀도 바깥 공기와 흙냄새를 더 좋아하기 때문에, 바깥에 나가게 해주지 못할 바에는 차라리 방해받지 않고 휴식이라도 편하게 취할 수 있도록 켄넬에 있게 하는 것이 훨씬 좋습니다.

셋째, 배변 훈련이 쉬워집니다. 일정한 시간에 켄넬 문을 열어주고 대소변을 유도하다 보면 배변 시간을 맞추는 것이 용이해집니다. 이때 반복적인 칭찬과 보상이 함께 따른다면 더 좋겠지요.

넷째, 아파서 병원에 입원할 때나 부득이하게 호텔링을 하게 될 때도 더 안정적으로 지낼 수 있습니다. 켄넬에 익숙지 않은 반려견들은 입원 치료를 받게 될 경우 안타깝게도 큰 스트레스를 받을 수 있습니다. 반면 켄넬 경험이 많은 반려견들은 입원해 있는 공간 역시 쉬는 곳으로 여겨 더 좋은 치료 경과를 보일 확률이 높지요. 또한 반려인의 장기 출장이나 여행, 그 밖의 피치 못할 사정으로 호텔링을 하게 될 경우, 켄넬 교육이 되지 않은 반려견들은 켄넬 안에 있는 것을 엄청나게 힘들어할 수 있어요. 하울링을 하거나 마구 짖으며 폐를 끼치기도 하고 이빨이나 발톱을 사용해 켄넬을 벗어나려고 하다 다치기도 하지요.

호텔링을 의뢰하실 때 우리 아이는 그냥 밖에다 방석 하나 놓고 풀어놔달라고 말씀하시는 보호자들이 계십니다. 켄넬을 사용하지 않는 애견 호텔에 맡기는 분들도 계시고요. 그러나 한 공간에서 여러 마리의 개들이 움직이다 보면, 원치 않는 접촉과 여러 가지 자극들에 의해 스트레스를 받기 마련입니다. 실제로 사고가 발생했을 때 이를 애견호텔 책임으로 전가하는 웃지 못할 상황이 많이 있습니다.

반려견들에게 있어 켄넬 훈련은 가장 중요한 훈련이고, 반려인들에게 있어 켄넬은 신이 주신 선물이라고 해도 과언이 아닙니다. 반려견들이 충분한 수면 시간과 자기만의 공간을 확보할 수 있도록 켄넬을 선물해주세요.

"밥의 노예가 되면 안 돼"
8코기네 밥상머리 교육 이야기

계곡부터 왕아빠가 손수 잔디를 깐 넓은 운동장까지 한 바퀴 슥 둘러보고 오면 남아 있던 졸음도 싹 달아나고 아이들 모두 활기가 돌기 시작합니다. 그러면 이제 슬슬 배고파하기 시작하지요. 아침 산책을 마친 8코기들이 켄넬 안에 들어가 얌전히 기다리고 있으면, 왕아빠는 바쁘게 아침 식사를 준비합니다.

가득 찬 밥그릇을 켄넬에 넣어주기 전에는 꼭 한 마리씩 눈을 맞추고 이렇게 묻지요. "이거 누가 주는 거지?" 그러면 아이들은 눈을 동그랗게 뜨고 왕아빠를 올려다봅니다.

평소 왕엄마와 왕아빠는 8코기들과의 교감을 가장 중요시합니다. 하지만 반려견들은 사람의 언어를 알지 못하기 때문에 반복 훈련을 통해 행동에 언어를 입혀야 해요. 이때 필요한 것이 보상입니다. 사람들이 회사에 나가서 일을 하고 급여를 받듯이 반려견들에게도 좋은 행동에 따른 보상이 필요합니다. 상당히 많은 보호자가 '오랜 기간 함께하다 보면 자연스럽게 내 말을 알아듣겠지?' 하시는데 착각입니다. 열심히 가르친다고 가르쳤는데도 잘 안 되는 경우가 태반이에요. 왜 그런가 하고 살펴보면 보상이 부족했던 경우가 많지요.

하지만 반대로 너무 과한 보상, 의미 없는 보상을 남발한다면 아이가 오로지 보상에만 반응을 보이는 반려견으로 자라게 될 수도 있습니다. 보상이 없으면 절대 움직이지 않는 아이로요. 심지어 남이 맛있는 것을 들고 부르면 보호자도 버리고 냉큼 달려가버리는 경우도 있습니다. 따라서 누가 주는지, 왜 주는지를 알려주는 것이 아주 중요합니다. 작은 간식 하나를 주더라도 보호자는 반려견과 눈을 맞추고 왜 간식을 주는지 알려주어야 하지요.

반려견의 특성에 따라 필요한 반복 횟수는 달라질 수 있지만, 일관성을 가지고 꾸준히 교육해야 한다는 데는 예외가 없습니다. 왕아빠의 경우 아침밥을 주는 순간부터 훈련을 시작합니다. 식사를 준비하는 동안 켄넬에 머무르게 함으로써 기다림을 교육하고, 식사가

아이 컨택을
생활화하자!

준비되면 아빠 레고부터 하나씩 차례로 밥을 주지요. 이때 "이거, 누가 주는 거지?"라고 물었을 때 반드시 눈 맞춤이 이루어져야 해요. 간식 보상을 줄 때도 항상 눈을 맞춘 다음에 주고 있습니다. 보상을 주는 사람이 누구인지를 인식하게 하는 것, 그것이 반려견 교육의 출발점이라고 생각합니다.

그리고 한 가지 더, 많은 보호자분이 하고 계시는 실수에 대해 말씀드리고 싶습니다. 기다림을 교육한다고 밥이나 간식을 반려견 앞에 놓고는 "기다려!"라고 말하는 것인데요. 그것은 기다림을 가르치는 게 아니라 "먹지 마!"라는 부정 명령을 내리는 것입니다. 개인적으로 정말 잘못되었다고 생각하는 교육법 중 하나인데, 그런 교육을 지속적으로 받은 아이들은 음식에 집착하거나 지나친 경쟁심을 갖게 될 확률이 매우 높지요.

8코기들을 보시는 분들이 놀라시는 부분 중 하나가, 간식을 줄 때마다 나란히 앉아서 얌전히 기다리는 아이들의 모습입니다. 분명 먼저 먹겠다고 앞으로 튀어 나가고 난리가 날 것 같은데, 절대 그러지 않지요. 부정 명령 교육을 하지 않고, 이름을 불러주고 눈을 맞춘 후 보상을 제공하는 방식으로 자연스럽게 차례를 가르친 덕분이라고 생각합니다. 기다리면 자기 차례가 온다는 사실을 아는 것이지요. 그래서 8코기들은 음식을 놓고 서로 싸우는 일도 없습니다.

생식을 시작하기 전 신경 써야 할 것

1. 알레르기 반응 확인하기

생식에 대해서는 전문가들 사이에서도 이견이 많은데요. 8코기들은 생식을 시작한 지 4년 정도 되었습니다. 생식을 한 반려견들이 건강하게 오래 살았다는 데이터를 보고 시작했지만, 처음에는 미숙하여 아이들을 힘들게 하기도 하였습니다.

잡식성 동물인 개는 고기를 주식으로 합니다. 닭, 오리, 돼지, 소, 양 등등 먹을 수 있는 고기의 종류는 다양하고요. 하지만 그중 가장 손쉽게 구할 수 있는 것이 닭입니다. 가격도 저렴하고요. 일반적으로 닭의 다리나 가슴살을 급여한다고 하지만, 자칫 영양 불균형이 발생할 수 있겠다는 생각이 들었습니다. 그래서 작은

영계 한 마리를 통째로 먹였어요. 간, 염통, 모래주머니 같은 내장까지 먹여야 영양을 골고루 섭취할 수 있다고 들었거든요. 나름대로 신경 썼다고 생각했지만, 너무나 잘못된 판단이었음을 곧 깨달았습니다.

우선 매일매일 닭만 먹인다는 게 찜찜했지요. 사람도 매일같이 쌀밥에 김치만 먹는다고 생각해보세요. 얼마나 질리겠어요. '이건 아니야' 생각하고 생식에 대해 제대로 공부하기 시작했는데, 알면 알수록 아이들에게 어찌나 미안했는지 모릅니다. 어쩌면 저는 스스로 이 정도면 잘하고 있다고 만족했는지도 몰라요. 컵으로 사료를 퍼주면 쉽게 해결될 아이들 식사를 위해, 수십 마리의 닭을 사서 직접 몇 시간에 걸쳐 손질하고, 냉동고에 저장해뒀다가 해동해서 먹이는 번거로움을 감수하고 있으니 '난 8코기들에게 참 잘하고 있어'라고 착각했던 것 같습니다. 사실 사료에도 여러 가지 종류의 고기와 채소들이 들어가는데 '생식'이라는 이유로 닭만 먹인 무지한 보호자가 되어버린 거지요.

생닭을 급여하는 동안 레고와 아인이는 눈물 자국을 달고 살았습니다. 닭 알레르기가 있었던 것입니다. 생식을 시작하기 전 고려해야 할 가장 중요한 사항이 반려견이 알레르기 반응을 보이는 음식물을 확인하는 것입니다. 개가 잡식성 동물이라고 해서 모든 음식을 다 먹을 수 있는 것은 아닙니다. 사람과 마찬가지로 반려견들도 다양한 식품 알레르기가 있습니다. 레고와 아인이처럼 닭 알레르기가 있는 개들도 있고, 오리나 돼지, 소, 양 등의 고기가 몸에 맞지 않는 반려견들도 있지요. 알레르기 반응의 정도도 다양합니다. 아무리 경미한 수준이라고 해도 알레르기 반응을 보인다면 절대 먹여서는 안 됩니다.

지금 레고와 아인이에게는 닭을 빼고 오리, 돼지, 소 위주로 먹이고 있습니다. 나머지 여섯 마리에게는 오리와 닭을 섞어서 급여하였지요. 닭은 저렴한 만큼 영양소도 다른 고기들에 비해 현저히 떨어지거든요. 오리, 돼지, 소 등을 함께 급여해야 더 양질의 영양분을 공급할 수 있습니다. 그런데 그랬더니 다섯째 리치와 여섯째 에디가 배가 가려운지 마구 긁어대는 것이 아니겠어요. 살펴보니 역시나 배가 벌겋게 부어 있었습니다. 그 둘은 오리가 몸에 맞지 않았던 것입니다. 8코기들 중 네 마리나 식품 알레르기가 있었습니다. 다행히 나머지 네 마리는 먹지 못하는 음식이 없었지만, 왕아빠의 식사 준비는 조금 더 복잡해졌습니다.

2. 비율 맞추기

8코기들을 위해 왕아빠는 닭, 오리, 돼지, 소, 메추리, 칠면조를 급여하고, 내장류는 비교적 구하기 쉬운 소의 간과 콩팥, 췌장, 염통을 먹이고 있습니다. 하지만 무엇을 먹이는가 만큼 중요한 것이 비율입니다. 반려견의 건강 상태, 나이, 몸무게와 알레르기 반응 등에 따라 생식의 종류와 비율이 달라집니다. 우선 기본적으로

고기와 뼈, 내장이 적절한 비율로 구성되어야 합니다. 어느 것 하나 빼놓을 수 없이 중요한 요소지요.

그런데 여기서 고기와 뼈는 알겠는데, 왜 꼭 내장을 먹여야 하냐고 의문을 갖는 분들이 계십니다. 내장을 급여하는 것은 육류를 주식으로 하는 동물이 가장 좋아하는 음식이 내장류이기 때문이기도 하지만, 반려견들에게 중요한 영양성분인 비타민A와 아연을 공급하기 위함입니다. 살코기와 뼈만으로는 이들 영양소를 섭취하기 어렵거든요. 이들 영양소는 채소를 통해서도 얻을 수 있는데요. 채소를 갈아서 밥에 섞어줄 수도 있겠지만, 매 끼니마다 다양한 채소를 알맞은 방법으로 조리·가공하여 먹이는 것은 결코 쉬운 일이 아닙니다. 또 채소를 소화하는 데 어려움을 겪는 반려견들도 있고요. 따라서 내장류를 급여하는 것이 좋은 해결책이 될 수 있습니다.

8코기들에게 생식을 줄 때는 우선 살코기 80퍼센트, 뼈 10퍼센트, 내장 10퍼센트를 기본으로 하고 비율은 아이들의 체중과 변 상태, 체질에 따라 그때그때 조금씩 달리하고 있어요. 양은 일반적으로 체중의 2~3퍼센트 정도로 합니다. 보상 간식이나 훈련용 간식을 많이 주었을 때는 2~2.5퍼센트로 줄이고요. 체중을 유지해야 하는 경우에는 2.5퍼센트, 좀 말랐다 싶을 때는 3퍼센트 정도 급여합니다. 활동량이나 체질에 따라서도 조절이 필요하지요. 이외에도 닭 알레르기가 있는 레고와 아인이, 오리 알레르기가 있는 리치와 에디를 고려하여 매 끼니 때마다 세심하게 원재료를 구분해서 급여합니다.

8코기네 생식 급여법을 간단하게 표로 만들어봤어요.

8코기네 생식 급여표 (2020년 5월 8일 기준)

	몸무게	고기	뼈	간+내장	총량
레고 3%	13kg	310g	39g	39g	390g
제니 2%	14.1kg	225g	28g	28g	282g
칸 2%	20.5kg	328g	41g	41g	410g
아인 2%	17.5kg	280g	35g	35g	350g
반쪽 2%	18kg	288g	36g	36g	360g
코코 2%	19.3kg	308g	38g	38g	386g
리치 3%	15.6	374g	46g	46g	468g
에디 3%	16.5	329g	41g	41g	412g

정확한 생식 급여를 위해 몸무게 측정은 필수입니다.

레고를 예로 들어 살펴보면 몸무게는 13킬로그램으로 적은 편입니다. 하지만 프리스비와 수영을 즐겨하는 만능 스포츠견 레고는 활동량이 가장 많기 때문에 체중의 3퍼센트, 즉 390그램을 급여합니다. 세부 비율을 살펴보면 이 중 310그램이 살코기, 뼈와 내장이 각각 39그램씩 총 78그램이 되지요.

내장은 근육계 내장이 아니라, 간, 췌장, 비장, 콩팥, 뇌 등 분비계 내장을 급여하는데, 8코기네에서는 내장 급여량 중 간을 약 50퍼센트, 췌장과 콩팥을 각각 25퍼센트씩 나누어 급여하고 있습니다. 소의 간은 훌륭한 비타민A 공급원입니다. 개들에게 비타민A가 부족하면 시력 저하, 성장 저해와 더불어 피부가 건조해지고 털의 윤기가 떨어지는 문제가 생길 수 있는데, 소간을 급여하면 이를 피할 수 있지요. 하지만 그렇다고 비타민A를 과다 섭취하게 되면 뼈 통증은 물론, 심하면 골절까지 겪을 수 있고, 피부 트러블이나 털 빠짐도 생길 수 있습니다. 이처럼 반려견의 건강을 위협할 수도 있는 문제이기 때문에 내장 비율을 맞출 때는 세심한 고려가 필요합니다.

사료에 닭가슴살이나 기타 여러 고기를 얹어주는 것은 크게 문제 되지 않지만, 생식을 할 경우에는 그만큼 챙길 것도, 고려할 것도 많음을 기억하세요!

무조건 생식이 최선일까요?

　생식은 영양이나 흡수율이 사료보다 월등히 뛰어나다는 점에서 가히 최고의 식단이라 생각합니다. 하지만 균형 잡히지 않은 생식은 반려견을 힘들게 하지요.

　날고기를 소분하고 비율을 맞출 자신이 없으시다면 시판 사료를 급여하시는 것이 좋습니다. 그렇다면 사료는 어떻게 선택해야 할까요? 보통 성분을 보고 구매하실 텐데, 건식 사료의 경우 기름에 볶고 제조하는 과정에서 영양분이 유실되는 경우가 많습니다. 사료 봉지 뒤에 나와 있는 성분표가 다가 아니라는 것이지요. 꼼꼼히 알아본 뒤 선택하시고, 1년에 한 번 정도는 건강검진을 통해 부족한 부분이 무엇인지 확인해보시는 것을 추천드립니다. 가끔 사료와 함께 닭가슴살이나 오리 가슴살, 소고기 등을 주셔도 좋을 것 같아요. 또 건식 사료보다는 습식 사료가 흡수율이 높으니 번갈아 주시는 것도 방법인 듯합니다.

　유튜브에서 8코기네 영상을 보신 분들이 가끔 "켄넬에 오래 있으면 아이들이 목말라서 어떻게 하느냐" "학대가 아니냐"고 물어오시는데, 8코기들은 100퍼센트 생식을 해서인지 물을 그렇게 많이 마시지 않습니다. 건식 사료를 주식으로 하는 아이들은 물을 더 많이 섭취하겠지만요. 이 아이들은 쉽게 말해 건빵을 주식으로 하는 것과 다름이 없거든요. 그래도 왕아빠 왕엄마는 혹시나 아이들이 밤에 목이 마르진 않을까 하여 켄넬에 급할 때 마실 수 있는 물병을 달아놓고, 매일 밤 자기 전 가득 채워놓습니다. 하지만 아침에 일어나 보면 거의 그대로일 때가 많습니다.

　결국 생식이냐 화식이냐, 건식 사료냐 습식 사료냐보다 중요한 것은 내 반려견에게 맞는 것이 무엇인지 알고 그것을 해주려는 노력이라고 생각합니다.

산책은 언제나 즐거워

8코기네 하루 일과에서 빼놓을 수 없는 것이 산책입니다! 물론 8코기들은 하루에도 여러 번씩 산책을 나간답니다. 아침 산책, 점심 산책, 저녁 산책, 프리스타일 산책까지! 그래도 질리지 않아요. 매일 만나는 계곡, 운동장, 산길인데도 산책만 나가자고 하면 녀석들은 들썩들썩 정말 좋아합니다. 아침에 막 일어나서 퉁퉁 부은 얼굴을 하고서도 빨리 나가고 싶어서 애가 타지요. 그래도 절대 먼저 뛰쳐나가는 아이가 없어요. 울타리 너머로 백설기에 박힌 까만 콩 같은 코만 내밀고 나가도 된다고 말해주기를 기다립니다.

엉뚱한 8코기네 리틀 포레스트

물론 8코기들 중에서도 유독 성격 급한 아이들이 있습니다. 반쪽이, 에디, 아인이, 리치로 이루어지는 일명 4얼간이 '멍충이 그룹'! 당장이라도 들썩들썩 뛰쳐나가려 하는 엉덩이를 마지막 남은 이성의 끈으로 붙들고 있는 아이들이지요. 그러는 동안 코코, 칸, 제니, 레고로 이루어지는 '똑띠 그룹' 아이들은 뒤에서 "쟤들 왜 저래?" 말하는 듯 멀뚱히 바라보고 있어요.

애가 타게 "오케이!" 사인만 기다리고 있는 8코기들을 보고 있으면 왕아빠와 왕엄마는 자꾸만 장난을 치고 싶어져요.

"오… 징어!"

일동 들썩!

"오… 다리!"

성격 급한 아인이가 쏟아지듯 계단을 내려왔다가 머쓱한 듯 다시 올라갑니다.

"오뎅!"

다시 한 번 들썩! 하지만 녀석들은 아닌 척 안 속은 척하고요. 우리 집 대장 똥쟁이 칸은 '뭐 하는 거지?' 하는 듯 고개만 갸우뚱합니다. 마치 '무궁화 꽃이 피었습니다' 놀이를 하는 것처럼 재미있어서 자꾸자꾸 장난을 치고 싶은데, 8코기들이 이제는 속임수 단어 패턴을 눈치채기 시작했어요. 아무래도 '오'로 시작하는 단어들을 더 찾아보아야 할 것 같아요.

짧은 애태움의 시간이 지나고 "오케이!" 사인이 떨어지면 아이들은 힘차게 밖으로 달려 나갑니다.

여러 마리의 반려견을 인솔할 때는 '이리 와' '가자' 등 흐름을 끊어주는 명령어를 자주 써주어야 합니다. 그래야 반려견들이 보호자에게 집중합니다. 산책할 때마다 고양이나 고라니의 똥을 찾아다니는 녀석들이 왠지 모르게 슬금슬금 눈치를 보기 시작하면 "어디 가? 이리 와!" 하며 불러줍니다.

하지만 아무리 집중하고 신경 써도 모든 것을 막을 수는 없습니다. 어느 날의 프리 스타일 산책에서 있었던 일이에요. 그날도 왕엄마는 어김없이 어딘가로 흩어져 가려는 8코기들을 "이리 와! 가자" 하며 불러 모았습니다. 어? 그런데 하나, 둘, 셋, 넷, 다섯, 여섯, 일곱 ⋯ 한 마리가 없다?! 둘째 아인이가 보이지 않았어요. 왕엄마는 다시 왔던 길을 되짚어 올라가며 아인이를 찾기 시작했습니다. 그런데 풀숲에도, 길고양이들 은신처에도 아인이의 모습이 보이지 않았습니다. 도망가봤자 손바닥 안이라고 생각했는데, 이쯤 되니 슬슬 걱정이 되기 시작했어요. 그때 저 멀리서 입맛을 다시며 돌아오는 아인이! 뭘 먹고 왔느냐고 물어도 대답도 하지 않고⋯ 불길한 예감에 휩싸였지만 왕엄마는 더는 생각하지 않기로 했어요 흑흑.

봄철 털과의 전쟁!

어느 날 왕엄마는 무언가를 열심히 물어뜯고 있는 제니의 식빵을 유심히 바라보다가 삐죽 튀어나온 속털을 보았습니다. 무심코 잡아 당겨보았더니 아니나 다를까 숭숭 뽑히는 털들. 그렇습니다! 8코기 네 봄철 털갈이 전쟁이 시작된 것입니다.

8코기네가 살고 있는 도원리는 경기도 양평 중에서도 강원도와 인접한 곳이라, 한겨울에는 영하 15도 밑으로 떨어질 정도로 춥습니다. 하지만 두툼한 이중모 털옷을 입고 살아가는 8코기들은 추위로 몸 한 번 떨지 않고 겨울을 날 뿐만 아니라, 난방을 하면 몹시 더워

얼룩인 8코기네 리틀 포레스트

이렇게 많이 빠져도 되는 걸까?

해요. 그래서 졸지에 왕아빠 왕엄마는 한겨울 집 안에서도 옷을 단단히 껴입고 살지요. 덕분에 겨울 난방비는 상당히 절약됩니다.

이중모는 추위를 잘 타지 않게 해준다는 점에서 겨울에는 좋지만, 봄이 시작되면 이야기가 달라집니다. 따뜻한 햇살에 실내 온도가 거의 영상 20도 가까이 올라가는 4월쯤 되면 8코기들은 더워서 항상 혀를 내밀고 웃고 있지요. 8코기들의 얼굴에서 미소가 떠날 줄 모르고, 식빵에 하얀 마블링이 생기기 시작하면 어김없이 털갈이 시즌이에요.

물론 8코기들은 사계절 내내 털갈이를 한다 해도 과언이 아닐 정
도로 1년 365일 매일같이 엄청난 털을 뿜어내지만, 봄에 빠지는 털
의 양은 가히 압도적입니다. 빗질해준 후 빠진 털들을 보고 있으면
'어디서 이렇게 많은 털이 나온 걸까? 8코기가 16코기가 된 것 같
다'라는 착각까지 들 정도니까요.

털이 많이 빠진다고 해서 하루아침에 털갈이를 끝장내겠다는 마
음으로 마냥 붙잡아놓고 온몸의 털을 장시간에 걸쳐 빗어내면 반려
견들은 큰 스트레스를 받습니다. 아이들이 빗질을 기분 좋은 일로 인

사랑스런 8코기네 리틀 포레스트

식할 수 있도록 항상 칭찬과 함께 보상을 주어야 합니다. 그렇다 하더라도 빗질하는 시간은 절대 10분을 넘기지 않습니다. 하지만 8코기네는 10분씩만 빗어줘도 80분이나 걸리지요. 다행히 착한 8코기 어린이들은 왕아빠나 왕엄마가 빗을 찾아 들면 신나게 모여들어서 너도나도 빗어달라고 하기에 빗질하는 시간이 항상 즐겁습니다.

봄철 어마어마하게 빠진 털들을 보며 왠지 그냥 버리기 아깝다는 생각이 들었어요. 그래서 '8코기 털로 쿠션을 만들어보면 어떨까?' 했었지요. 오리나 거위 털로 만든 쿠션도 있으니까요. 그래서 실제로 만들어보기도 했는데 결과는 그리 성공적이지 못했습니다. 아무래도 쿠션감이 없어서 한 번 사용하면 푹 꺼져버리더라고요.

일반 가정에서도 반려견의 털은 애물단지입니다. 하지만 자연 속에서 살아가는 8코기네에서는 좀 다릅니다. 8코기하우스 근처에는 새 둥지가 몇 개 있는데요. 바로 이 둥지에 8코기 털이 보온재로 사용된다는 사실! 왕아빠 왕엄마에게는 행복을, 새들에게는 겨울철 따스히 보낼 수 있는 온기를 나누어주는, 아낌없이 주는 8코기들입니다.

즐거운 빗질 시간.

물코기 낚시!
손맛 한번 보실래요?

　8코기하우스 앞에는 맑은 계곡이 흐르고 있어요. 이곳 도원리에 자리 잡기로 마음먹었던 큰 이유 중 하나가 바로 이 계곡입니다. 이 계곡은 겨울에는 꽁꽁 얼어붙어 썰매장이 되어주고, 여름에는 8코기들이 신나게 수영할 수 있는 워터파크가 되지요. 우리 아이들 모두 수영을 참 좋아합니다. (특히 코코는 겨울에도 물에 들어갈 정도로 물을 사랑하는 물개지요.) 그래서 왕아빠 역시 여름에는 매일같이 아이들과 물놀이를 하는 행복을 즐기고 있습니다. 옷이 흠뻑 젖어도 상관없어요. 바로 앞이 집이니 돌아가서 갈아입으면 되니까요. 여전히

도시에 살고 있었다면 누릴 수 없었을 행복입니다.

　그날도 평소와 마찬가지로 왕아빠는 8코기들과 신나게 수영을 하고 있었어요. 왕아빠가 먼저 앞장서 나아가면 8코기들은 꼬리를 저으며 뽈뽈 헤엄쳐 따라오곤 하는데, 그 모습이 마치 물살을 거슬러 오르는 연어 떼 같더라구요. 때마침 기다란 나뭇가지까지 보이기에 떠오르는 생각을 그대로 실행에 옮겼습니다. 그것은 이름하여 물코기 낚시! 왕아빠가 나뭇가지를 들고 나타나자 8코기들은 왕아빠가

새로운 놀이를 해주려나 보다 하고 신이 난 기색을 감추지 못했지요.

　적당한 곳에 자리를 잡고 나뭇가지 낚싯대를 드리웠습니다. 코기 떼가 속속 모여들기 시작했어요. 낚시는 기다림이라는데, 물코기 낚시는 던지자마자 입질이 온답니다. 제일 먼저 반응한 것은 역시 스포츠맨 레고. 그다음으로는 리치, 아인이, 반쪽이 순으로 나무 낚싯대를 물었어요. 제니와 코코는 신이 나서 뒤에서 연신 짖어대고, 나머지 아이들도 번갈아가면서 낚싯대에 매달렸어요. 엄청난 월척을 보장하지만, 절대 낚아 올릴 수는 없다는 것이 물코기 낚시의 함정입니다. 적게는 13킬로그램부터 많게는 20킬로그램까지 나가는 녀석들이거든요. 결국 왕아빠는 포기하고 낚싯대를 놓아버렸습니다. 그러자 유유히 낚싯대를 물고 멀어져가는 8코기들. 아무래도 8코기들이 좋아하는 건 왕아빠가 아니라 낚싯대였나 봐요.

　물코기 낚시는 8코기들이 제일 좋아하는 놀이 중 하나입니다. 왠지 모르게 8코기들이 기운 없어 보일 때마다 왕아빠는 낚시놀이를 하지요. 그러면 8코기들은 언제 그랬냐는 듯 활기를 되찾는답니다.

나뭇가지는 최고의 장난감이에요.

민족대이동,
8코기네 병원 가다!

어느덧 중년의 나이에 접어든 8코기들을 위해, 왕아빠 왕엄마는 큰 결심을 하게 되었습니다. 그것은 바로 건강검진. 원래 매년 3월 다 함께 병원 나들이를 하긴 하지만, 이번엔 소변검사, 혈액검사부터 엑스레이에 이르기까지 정말 '제대로 된' 검사를 받아보기로 했어요.

드디어 병원 가는 날, 왕아빠에게는 큰 임무가 주어졌습니다. 그것은 바로 8코기들 소변 받기. 아침에 한 마리씩 따로따로 불러 소변을 보게 하는데, 다행히 6코기들은 배변 훈련이 잘되어 있어서 어렵지 않게 성공했습니다. 하지만 레고와 제니는 그렇지 않았기 때문에

비밀 공작을 펼쳐야 했습니다. 그래도 치열한 눈치 싸움 끝에 왕아빠는 소변 받기에 성공했지요.

소변검사 준비를 마친 후, 차에 켄넬 여덟 개를 싣고 아이들을 한 마리 한 마리 안아 올려 태웠습니다. 우리가 선택한 동물병원은 경기도 하남에 있어서 차로 1시간가량을 달려야 했습니다. 하지만 켄넬 훈련이 잘되어 있는 8코기에게는 전혀 문제가 되지 않지요.

병원에 도착하니 선생님들이 복도까지 마중 나와 계셨어요. 질서 유지를 위해 특별 대기실까지 마련해주셨고요. 다 함께 외출할 때마다 왕아빠 왕엄마는 엄격해집니다. 다른 사람들에게 폐를 끼치지 않기 위함입니다. 진료실에도 들어가지 않아요. 수의사 선생님들이 알아서 잘해주시기도 하지만, 대가족이 진료실에 바글바글 들어가면 실례가 될 수 있기 때문입니다. 또 보호자가 없어야 반려견이 더 의젓하게 진료받고 주사도 잘 맞을 수 있습니다.

그리고 드디어 대망의 생애 첫 혈액검사. 레고는 혈관이 굵은데도 잔뜩 긴장하는 바람에 바늘을 한 번 더 찔러야 했습니다. 특히 넷째 코코는 바늘을 찌르지 못하게 아예 수의사 선생님께 폭 안겨버리며 모두에게 웃음을 주었지요. 그래도 다들 무사히 검사를 마쳤습니다.

어린 시절 이사 온 이후 서울 구경할 기회가 많지 않았기에 다들 신기해하거나 흥분할 법도 한데, 어느 하나 제멋대로 뛰어다니는 아이 없이 모두 왕아빠의 말을 정말 잘 들어주었습니다. 8마리가 마치 한 몸인 것처럼 일사불란하게 움직여줘서 수월하게 검진을 마쳤고, 보시는 분들마다 훈련이 아주 잘되었다며 칭찬해주셨지요. 왕아빠 어깨가 으쓱해졌습니다. 무엇보다 다들 큰 문제 없이 건강하다는 소식에 더욱 행복하게 집으로 돌아올 수 있었습니다.

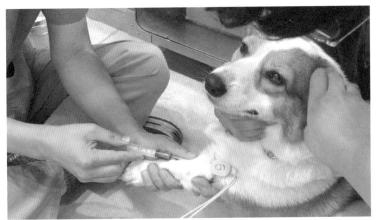

나는 안 볼란다….

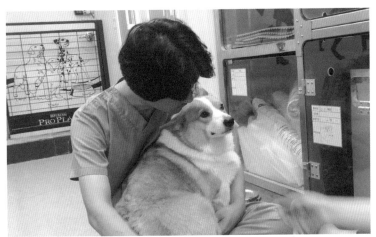

이렇게 안겨버리면 피를 어떻게 뽑지?

반려견 건강문제에 대한 왕아빠의 생각

어느덧 레고와 제니는 여덟 살, 6코기들은 여섯 살이 되었습니다. 그동안 8코기네에는 칸이 뱀에 물리거나 에디의 다리가 부러지는 등 크고 작은 사건 사고들이 많이 있었습니다. 그 모든 일들을 겪으며 왕아빠는 자칭 '준수의사'가 되었지요. 아이들의 건강에 이상한 조짐이 보이면 보호자는 즉각 파악하여 대응해야 하고 비상시에는 응급처치도 해주어야 합니다. 그래서 저는 매일매일 아이들의 건강을 위해 무엇을 해줄 수 있을지 고민하고, 더 좋은 방법을 찾으려 노력합니다. 그중 보호자분들이 가장 많이 고민하고 계실 것 같은 내용들에 대한 저의 생각을 말씀드리려 합니다.

1. 지금 그 중성화 수술, 꼭 해야 할까요?

———— 중성화 수술은 반려견의 질병을 예방하기 위해 생식 기능을 제거하는 수술이다. 대략 생후 6~8개월경 실시하는 것이 좋다. 암컷의 경우 난소와 자궁을 없애는 수술로 자궁축농증·유방암·난소 종양 등의 질환을 예방할 수 있다. 또 발정기 출혈에서 생기는 위생문제도 해결할 수 있다. 수컷의 경우 전립선염과 고환 질환이 줄어들고, 성적 욕구를 해소하지 못해 생기는 식욕부진과 공격성도 해소할 수 있다. 이외에도 자위 행위가 줄고 사람의 팔다리나 인형 등에 올라타지 않게 되며 나쁜 배뇨 습관도 고칠 수 있다는 장점이 있어, 영국과 미국 등의 애견 선진국에서는 보편화되어 있는 수술이기도 하다.

위와 같은 이점들이 있다고는 하지만, 암컷의 경우 자궁을, 수컷의 경우 고환을 적출해버리는 수술을 과연 '중성화 수술'이라고 말할 수 있을지 저는 잘 모르겠습니다. 특히 강아지 때의 수술에 대해서는 더욱 부정적입니다.

자궁축농증과 유선 종양을 예방하기 위해 중성화 수술을 해야 한다고 주장하는 사람들이 있습니다. 자궁이 없으면 당연히 자궁축농증에도 걸리지 않겠지요. 하지만 이로써 발생하는 호르몬 불균형은 어떻게 해결할 수 있을까요? 맹장처럼 사는 데 꼭 필요하지 않은 기관이 문제를 일으키는 경우 제거 수술을 할 수 있겠으나, 질병을 예방하기 위해 호르몬에 영향을 주는 장기를 적출하는 것은 도무지 이해가 가지 않습니다. 중성화 수술을 하지 않은 모든 개들이 100퍼센트 자궁축농증에 걸리는 것도 아닌데 말입니다. 그러나 중성화 수술 자체보다 더 큰 문제는 호르몬 불균형으로 촉발될 수 있는 질병과 기형에 대해서는 아무런 대안이 없다는 것입니다.

간혹 중성화 수술을 하면 '아이가 순해진다' '마킹을 하지 않는다' '교미 자세를 하지 않는다'라고 말하기도 합니다. 하지만 이것은 성급한 일반화의 오류입니다. 반려문화 선진국인 유럽이나 독일에서는 중성화 수술을 필수적인 것으로 간주하지 않습니다. 왕아빠 역시 많이 고민하며 직접 독일의 여러 수의사 선생님들에게 자문해보기도 했는데 "굳이 왜 하려고 하느냐"라는 답변과 함께, 하려거든 두 살이 지나 성견이 된 이후에 정말 말 그대로 '중성화 수술만' 하라는 조언을 받았습니다. 암컷은 난소만 제거하고, 수컷은 정관을 레이저로 끊어주는, 참 의미의 중성화 수술을요.

우리나라에도 이런 방식으로 중성화 수술을 해주는 동물병원이 있습니다. 반려견이 원치 않는 임신과 출산을 경험하는 것이 싫으신 보호자분들은 성장호르몬이 활발하게 나오는 두 살 때까지는 노력을 기울여 잘 관리해주시고, 이후 제대로 된 중성화 수술을 해주시는 것을 추천합니다.

2. 심장사상충과 살인진드기는 어떻게 예방해야 할까요?

—— 심장사상충 감염은 모기에 물릴 때 모기 안에 있던 3기 유충들이 피부를 뚫고 들어오면서 이루어진다. 우리가 아는 대부분의 기생충은 숙주 안에서 알을 낳지만, 심장사상충은 자신의 축소판인 마이크로필라리아를 낳아 혈관 속으로 내보낸다. 마이크로필라리아를 보유한 숙주의 피를 모기가 흡혈하면, 이 마이크로필라리아는 모기 몸 안에서 3기 유충으로 자라는데, 이 기간은 온도에 따라 다르다. 28~30도에서는 8일이면 3기 유충이 되지만, 22도에선

20일가량이 걸리며, 최저기온이 14도 미만이라면 발육이 중지된다.

개들의 몸속에 들어온 유충들이 교접할 수 있을 정도까지 자라는 데는 대략 4개월이 걸린다. 다 자란 성충은 길이가 제법 길어 암컷은 25~30센티미터, 수컷은 12~20센티미터쯤 되고, 수명도 7년 이상이다.

여름철 반려인들을 가장 많이 걱정시키는 두 가지가 심장사상충과 작은소참진드기(일명 살인진드기)입니다. 정말 끔찍한 문제지만, 빈대 잡으려고 초가삼간 태운다는 말이 있듯이 이를 예방하기 위해 약을 과도하게 쓰면 오히려 부작용이 일어날 수도 있습니다. 실제로 심장사상충약으로 인해 부작용을 겪는 비율이 심장사상충에 걸려서 고생하는 비율과 크게 다르지 않다고 알고 있습니다.

반려견 몸에 해롭지 않다고 하지만 심장사상충약에는 살충 성분이 들어 있습니다. 심장사상충을 예방하기 위해 한 달에 한 번씩 약을 먹이라는 사람도 있는데요. 그 정도면 예방이 아니라 처치라고 봐야 하는 게 아닐까요? 사상충약을 먹이는 이유는 모기 안에 있던 유충들이 몸에 들어왔을 때 체내에 잔존하는 살충제 성분으로 인해 폐동맥에 기생하지 못하고 죽어버리도록 하려는 것인데, 그 정도 살충제 성분을 몸에 지니고 살아가게 될 내 반려견은 정말 괜찮을까요? 살충제로 인해 발생하는 문제들은 없을까요? 그렇다고 아예 심장사상충약을 먹이지 말아야 할까요?

— 외줄모기라고도 불리는 흰줄숲모기는 역학적으로 황열, 지카바이러스, 뎅기열, 치쿤구니야열뿐만 아니라 심장사상충과 같은 여러 사상충증을 포함한 바이러스 병원체를 전파하는 주요 매개체이다. 대한민국에서는 별명으로 '전투모기' 또는 '아디다스 모기'라고도 부른다.

8코기들은 산모기가 많은 지역에 살고 있습니다. 야외 활동도 많기 때문에 심장사상충 감염을 엄청나게 경계하고 있지요. 7월에서 9월 사이에는 저녁 5시가 지나면 모기가 떼로 나타납니다. 그래서 그때는 아이들을 모두 집 안으로 대피시키지요. 그렇게 해도 알게 모르게 모기에 꽤 많이 물릴 것입니다. 그래서 8코기들도 심장사상충약을 먹지 않을 수 없지요. 다만 그 횟수를 최대한 줄이려 노력하고 있습니다.

왕아빠는 심장사상충약의 목적을 '예방'이 아닌 '치료'로 생각하고 있습니다. 이곳 모기는 4월 중순부터 활동하기 시작합니다. 그래서 왕아빠는 심장사상충을 옮기는 모기에게 물렸을 경우에 대응하기 위해 4월에 한 번 약을 먹이지요. 그러면 4월 한 달간 심장사상충 모기에게 물렸다 해도 몸 안에 있는 살충제 성분으로 인해 심장사상충에 걸리지 않겠지요. 하지만 5월에는 약을 먹이지 않습니다. 설사 모기가 심장사상충 유충을 피부에 옮겼다 해도 6월에 투약해서 죽이면 되거든요. 그렇게 4월, 6월, 8월, 10월 1년에 딱 네 번만 약을 먹입니다. 11월 이후에는 모기가 힘을 쓰지 못하거든요. 이렇게 연간 투약 횟수를 최소화하고 있습니다. 그랬는데도 최근에 한 종합검진 결과에서도 심장사상충에 걸린 아이는 단 한 마리도 없었습니다. 이곳에 자리 잡은 지 어언 6년이나 되었는데도요.

—— 작은소피참진드기는 진드기의 한 종이다. 라임병과 반점열, 리케치아의 매개체이다. 중증 열성 혈소판 감소 증후군 바이러스도 매개하는 것으로 나타났다.

그렇다면 살인진드기의 경우는 어떨까요? 진드기약에는 크게 두 종류가 있습니다. 목 뒤에 바르는 약 프론트라인과 먹이는 약 브라벡토인데, 둘 다 살충제 성분이 포함되어 있지요. 진드기에 물려도 대부분은 큰 문제가 없습니다. 열악한 환경에서 구조된 개들 중에는 수백 수천 마리의 진드기를 몸에 붙이고 다녔지만 치료를 받으니 아무 문제 없었던 경우가 허다합니다. 그래서 왕아빠는 진드기약을 과하게 쓰는 것 또한 빈대 잡자고 초가삼간 태우는 일 중 하나라고 생각합니다.

외용 구충제의 원리는 다음과 같습니다. 목 뒤에 다량의 살충제를 바르고 시간이 지나면, 그 성분은 점차 스며들어 몸 전체에 퍼집니다. 그렇게 되면 진드기가 개의 털에 붙더라도 이내 마비되어서 털을 파고들고 피부까지 가지는 못하게 됩니다. 바르는 약의 경우 주의 사항이 있습니다. 약을 바른 부위와 함부로 접촉하지 않게 주의해야 하고, 접촉하더라도 그 부위를 입에 가져가면 안 된다는 것. 그렇지만 8마리가 한데 부대끼며 서로 물고 장난치는 8코기네에서는 불가능한 일입니다. 그렇게 개들의 체내에 축적된 성분들이 시간이 지난 뒤 알 수 없는 부작용을 일으킬 수 있는데, 심증은 있는데 물증이 없다고 할까요? 그 원인이 살충제 성분 때문이라고 밝힐 수 없는 게 현실입니다. 먹는 약 또한 마찬가지입니다. 심장사상충약만 해도 몸에 상당한 무리가 갈 텐데 진드기약까지 먹인다? 판단은 보호자 개개인의 몫이겠지만, 저는 그렇게 권하고 싶지는 않습니다.

그렇다면 8코기네에서는 진드기를 어떻게 예방할까요? 우선 아이들이 다니는

아이들이 많은 집에서는 외용 구충제 사용에 더욱 신중해야 해요.

진드기약 사용보다는 풀 관리에 더 신경 쓰고 있어요.

운동장의 잔디와 풀을 짧게 잘라 관리하고 있습니다. 진드기는 긴 풀에 붙어 있다가 지나가는 동물들에게 슬쩍 붙기 때문에 풀 관리가 중요합니다. 또 예의주시하고 있다가 혹시라도 풀숲에 들어가거나 긴 풀을 지나친 아이가 있으면 일일이 불러서 직접 확인합니다. 그러고도 산책이나 놀이가 끝난 후에는 에어탱크를 이용해 털에 붙은 것들을 날려버립니다. 이렇게 해서 지금까지 6년간 8코기들이 진드기에 물린 횟수는 한 해에 다섯 번도 채 되지 않습니다.

보통 진드기에 물린 아이들을 보면 보호자의 시선에서 벗어나 있었던 경우가 많습니다. 종종 도시나 야외에서 개의 배설물들이 그대로 널려 있는 것을 목격하곤 하는데, 그것만 보더라도 개를 방치하는 보호자들이 꽤 많다는 것을 알 수 있지요. 그렇게 시간이 지나면 아이의 몸에 커다란 수박씨가 하나씩 달려 있는 모습을 발견하게 되는 것입니다. 산책 및 야외 활동이 끝나면 꼭 아이들의 몸을 확인해주세요.

사랑하는 반려견들에게 필요한 것은 어쩌면 약보다는 관심이 아닐까요?

고구마 수확 대작전

　알 만한 분들은 다 아시겠지만, 고구마는 반려견들의 최애 간식 중 하나입니다. 8코기들도 고구마를 엄청 좋아한답니다. 그래서 왕 아빠 왕엄마도 매년 고구마를 심습니다. 8코기들이 사는 도원리에 는 봄이 조금 늦게 찾아오기 때문에 5월 초에 고구마를 심지요. 잘 심어주고 몇 번 물만 챙겨주면 엄청나게 잘 자라기 때문에 고구마를 기르는 것은 그리 어렵지 않습니다. 10월 초가 되면 고구마를 수확 하는데요. 고구마 수확은 8코기들이 아주 좋아하는 이벤트 중 하나 입니다.

　　고구마를 수확하러 갈 때마다 왕아빠는 어지럽게 널려 있는 고구
마 줄기들에 아득해지곤 하는데, 평소 땅 파고 노는 것을 좋아하는
땅강아지들과 함께라면 걱정 없답니다. 왕아빠가 고구마를 캐고 있
으면 8코기들은 여기저기 자리를 잡고 무작정 땅을 파댑니다. 그래
도 고구마를 워낙 좋아해서 그런지 타율이 제법 괜찮습니다. 살짝
도와주기만 하면 실한 고구마들을 잔뜩 수확할 수 있어요.

　　뭐든 열심히 잘하는 칸이 한몫하고요. 막내 에디도 고사리발로 열
심히 땅을 팝니다. 냅다 땅을 파헤치며 흙을 튀기는 민폐형 불도저
리치 때문에 뒤에 있던 반쪽이는 흙투성이가 되어버렸습니다.

땅을 파는데 자꾸 이마가 닿아….

저기… 뒤에 나 있는데….

그래도 싫다 소리 한마디 안 하는 순둥이예요. 코코는 광주리 옆에 딱 붙어 앉아 가득 담아놓은 고구마를 지키고, 제니와 아인이는 왕아빠 곁에 딱 달라붙어서 움직일 줄 모릅니다. 그러는 동안 우리 집 한량 뺀질이 레고는 언제 다 마치냐는 듯 따분해하지요.

일은 앞발이 하는데 이상하게 자꾸만 이마가 동원되는 슬픈(?) 신체 구조 때문에 한참 고구마를 캐다 보면 8코기들 얼굴은 흙투성이가 되어버리고 맙니다. 그래도 온 얼굴과 몸에 흙 범벅을 한 8코기들은 세상 사랑스럽지요.

반나절 동안 열심히 캔 고구마를 들고 집으로 돌아가면, 왕엄마는 당장 먹을 고구마와 저장할 고구마를 나눕니다. 그리고 일일이 씻어서 먹기 좋게 채 썰어 건조기에 말리지요. 중간중간 침 흘리고 서 있는 아이들에게 고구마 한 조각씩 던져주는 것이 이 시기 왕엄마의 낙입니다.

이제 곧 겨울이 되면 왕아빠가 군고구마를 구워주시겠지, 8코기들은 빨리 눈이 내리기만을 손꼽아 기다립니다.

웰시코기8

펑펑 눈 내리는 날은
8코기네 썰매장 개장하는 날

강원도와 경기도의 경계에 위치한 도원리는 눈이 많이 내리는 편입니다. 눈 내리는 8코기네 풍경은 장관이지요. 그리고 눈 내리는 겨울마다 8코기들이 즐기는 스포츠가 있습니다. 바로 눈썰매입니다.

눈이 내리면 넓은 운동장 전체가 눈썰매장이 되고, 꽁꽁 언 계곡은 얼음썰매장이 됩니다. 보통 개썰매를 생각하면 시베리안 허스키나 말라뮤트 같은 썰매견들이 짐과 사람을 실은 썰매를 끄는 장면이 떠오르는데, 8코기네에서는 개가 개를 끄는 진풍경이 펼쳐져요.

8코기들은 크게 썰매를 끄는 아이들과 타는 아이들로 나뉩니다.

칸과 제니는 썰매를 타는 쪽, 레고, 아인이, 반쪽이, 코코, 리치, 에디는 썰매를 끄는 쪽이지요. 특히 첫째 칸이 제일 의젓하게 잘 타는데, 엎드려서 공기 저항을 줄일 줄도 알고 방향을 전환할 때는 앞발로 브레이크를 잡아주기도 합니다. 칸이 정말 잘 타서 그렇지, 사실 웰시코기같이 활동량 많고 성격 급한 아이들은 진득하게 앉아 썰매를 타는 것이 결코 쉽지 않습니다. 꼬리도 흔들지 않고 중심을 잘 잡아야 하거든요. 아마 선택하라고 한다면 웰시코기들 십중팔구는 타는 쪽보다는 끄는 쪽을 선택할 거예요. 다른 가족들의 즐거움을 위해 재미없는 포지션을 도맡아주는 칸이 왕아빠 왕엄마는 언제나 고

얼음썰매장이 된 계곡

맙고 안쓰럽습니다.

　한 마리가 타고 세 마리가 끌기에 팀을 두 개 만들어 시합할 수 있습니다. 왕아빠의 구령과 왕엄마의 응원에 힘입어 신나게 썰매를 끄는 8코기들. 늘 형 누나에게 밀려 소극적이던 에디도 신나게 썰매를 끌고 나가는 적성을 찾았습니다. 8코기네에서 돌봄(호텔링)받는 에디의 절친 검정 웰시코기 탄이가 맨발로 응원해줍니다.

　시합이라고 하지만 이기고 지는 것은 중요하지 않습니다. 다들 아쉽지 않을 만큼 신나게 놀았으면 그만이지요. 한바탕 썰매 시합을 마친 아이들은 왕아빠가 화목난로에 구워주는 군고구마를 기대하며 집으로 돌아갑니다.

계곡이 얼었는지 보러 가자!

땔감을 찾아서

　8코기들이 사족을 못 쓰는 고구마를 구워주려면 땔감이 필요합니다. 왕아빠가 땔감으로 쓸 죽은 나무를 주우러 앞산에 오를 때면 8코기들도 신이 나서 따라오지요. 겨울엔 8코기들과 산에 오르기참 좋습니다. 벌레도 진드기도 뱀도 없으니까요. 그래서 8코기들에게 겨울산은 좋은 놀이터랍니다. 나무꾼 왕아빠는 땔나무를 구하는짬짬이 8코기들과 놀아주는 것도 잊지 않습니다.

　땔감을 가지고 집으로 돌아가는데, 코코는 또 물에 들어갔습니다. 겨울에도 물을 좋아하는 코코. 그야말로 산 넘고 물 건너 돌아가는 길입니다.

집에 돌아오면 왕아빠는 주워 온 나무를 난로에 들어갈 만한 크기로 자릅니다. 그러면 8코기들은 옆에 있다가 나무 토막 하나씩 얻어서 물어뜯고 놀아요. 왜 이렇게 나무 토막을 좋아하는지는 모르겠지만, 나무 토막을 물고 뜯다 보면 자연스럽게 치석도 제거된답니다. 물론 평소에도 왕엄마가 직접 양치와 치석 제거를 해주지만, 나무를 뜯고 난 후 보면 치석이 확실히 조금씩 떨어져 나가 있어요.

산에 올라가니 좋고, 땔감으로 군고구마를 구워 먹으니 더 좋고, 나무 장난감도 얻을 수 있으니 더더욱 좋고. 8코기들이 땔감 줍기를 좋아하지 않을 수 없겠지요?

겨울산은
언제나 신나요.

무엇보다 우리 가족 모두 함께하니까요!

메리 크리스마스,
사랑하는 8코기들

　　매년 12월이 되면 가게와 TV 광고에서도 캐럴이 흘러나오고 어딜 가든 반짝반짝 빛나는 알전구들을 볼 수 있습니다. 크리스마스 맞을 준비를 하는 것이지요. 왕엄마 왕아빠도 8코기들을 위해 집 앞 데크에 커다란 텐트를 치고 크리스마스 트리를 꾸밉니다. 8코기들이 크리스마스 분위기를 만끽하게 해주고 싶어서요. 그러면 아이들은 이것저것 관심을 보이다가, 이내 번쩍번쩍 빛나는 트리 옆에 앉아서 포즈를 취하지요. 왕엄마는 예쁜 8코기들의 모습을 놓칠세라 열심히 사진을 찍고, 왕아빠는 그 모든 장면을 흐뭇하게 지켜봅니다.

8코기들과 함께여서 더욱 따뜻한 크리스마스입니다.

하얀 눈이 내리면
8코기네에는 무슨 일이 펼쳐질까요?

반짝반짝 빛나는
크리스마스 트리가 생기고,

왕아빠의 재미난 이야기와 함께
밤이 깊어가지요.

모두 모두 메리 크리스마스 댕댕이 친구들.

4장.

8배의 사랑과 감동!
함께 웃고 함께 우는 8코기네

"정말 우리 아빠 맞아요?"
레고 기 살려주기 대작전!

지금까지 우리가 가족이 되기까지의 이야기를 들려드리고 양평
군 도원리에 작은 보금자리를 꾸리고 전원생활을 시작하는 모습을
보여드렸습니다. 왕엄마 왕아빠부터 8코기 어린이들까지 우리는
하나같이 모두 행복한 매일매일을 보내고 있지만, 자세히 들여다보
면 8코기들 저마다 특징이 있고 고유한 매력이 넘쳐난답니다. 이 세
상에 완전히 똑같은 성격을 가진 사람은 하나도 없듯이, 개들도 마
찬가지예요. 8코기들도 피를 나눈 가족이지만 다 달라요. 그래서
8마리를 다 같이 보았을 때도 예쁘지만 하나하나 유심히 들여다보

면 더 사랑스럽답니다.

이 장에서는 레고, 제니, 칸, 아인이, 반쪽이, 코코, 리치, 에디에 이르기까지 각자의 매력을 잘 보여주는 이야기와 함께 아이들 저마다의 성격을 잘 이해하실 수 있도록 자세히 소개해보고자 합니다. 이 장을 다 읽고 난 뒤에는 아이들이 더 가깝고 친근하게 느껴지셨으면 좋겠습니다. 왠지 마음이 더 가는 친구들을 발견하실 수도 있겠네요.

태초에 레고가 있었으니, 레고로부터 8코기네 대가족이 시작되었습니다! 눈도 크고 코도 크고 머리도 큰 호남형 웰시코기 레고는 만능 스포츠맨입니다. 평소에는 느긋하고 침착한 편이지만 놀 때는 에너자이저가 되죠.

왕아빠가 농담 조금 진담 가득으로 '우리 집 한량'이라고 부르기도 하는데, 레고는 왕아빠를 조금 어려워하는 것 같습니다. 원래 자유로운 영혼으로 살았는데, 6코기가 태어나면서 갑자기 왕아빠로부터 규율과 질서를 배우게 되었거든요. 그래서 지금까지도 왕아빠 앞에 서면 항상 긴장해요. 또 어쩐지 레고는 고독을 즐기는 아이 같아요. 실제로 8코기들이 다 같이 있을 때 혼자 떨어져 있는 아이가 있다면, 레고일 가능성이 큽니다.

"엄마가 있고 아빠도 있는데 왜 큰아들이 서열 1위인가요?"라고 궁금해하시는 분들도 계실 것 같은데요. 사실 레고는 6코기들의 생물학적 아빠일 뿐 육아를 전혀 담당하지 않아서 아이들에게 별로 정도 없고, 오히려 매우 귀찮아합니다. 제니가 낳은 새끼들이 자기 새끼들이라는 것을 알고나 있는지도 잘 모르겠어요. 실제로 6코기들도 엄마 제니만 알아본답니다.

함께 있지만 왠지 모든 것이 어색한 6코기들의 아빠 레고. 때마침 촬영을 위해 양평을 찾아주신 SBS 〈TV 동물농장〉 PD님에게도 그 어색함이 느껴졌나 봐요. (8코기들이 양평에 자리 잡은 2016년 초부터 수차례 출연 제의를 받았지만, 아이들을 힘들게 하는 일이 될까 봐 정중히 거절해왔습니다. 그럼에도 그저 아이들이 생활하는 모습을 자연스럽게 화면에 담았으면 한다는 설득에 추억 삼아 2017년 9월 동물농장 834회에 '군기 바짝 웰시코기 8군단'이라는 제목으로 첫 방송 출연을 하게 되었습니다.) 왜 레고는 다른 아이들과 어울리지 않고 혼자 독립적으로 행동하냐고 물어오셨습니다. 아마 PD님은 6코기들의 아빠인 레고가 아이들을 지키는 듬직한 모습을 보여줄 거라고 생각하셨던 것 같습니다.

실제로 레고는 혼자 있을 때, 혹은 제니와 함께 있을 때는 잘 놀지만, 6코기가 나타나면 자리를 피해버립니다. 하지만 레고가 처음부

터 그랬던 것은 아니었어요. 6코기들이 어렸을 때, 레고는 뒤에 처져서 안 오는 아기가 있으면 달려가서 데려오기도 하고, 다른 길로 빠지려고 하면 붙들어놓기도 하는 영특한 아이였습니다.

원래 레고는 자기가 가진 모든 것을 양보할 정도로 착한 아이입니다. 무언가 물고 있다가도 누가 옆에 와서 툭 건드리면 바로 내려놓곤 했어요. '아빠는 강하다!'라는 공식은 레고에게 통하지 않습니다. 마냥 착하고 트러블을 싫어하는 성격이지요. 그런 레고가 아이들을 어색해하는 것은 아이들에게 지나치게 치인 까닭이라 판단하여 안쓰러운 마음에 '본격 레고 기 살려주기 작전'에 돌입했습니다!

몇 가지 실험을 해보기로 했습니다. 첫 번째 실험은 사자같이 늠름한 모습으로 아이들에게 권위 보여주기! 8코기들이 운동장에서 놀고 있을 때 레고만 조용히 따로 불러냈습니다. 그리고 사자 갈기를 씌워주었지요. 동물의 왕 사자의 모습을 하고 있다면 아이들도 레고를 무시하지 못할 거야! 잔뜩 기대에 찬 마음으로 사자 갈기를 쓴 레고를 운동장에 들여보냈습니다. 하지만 결과는 참혹했습니다. 달라진 모습이 모두의 흥미를 끌었는지 레고는 아이들의 표적이 되고, 사자 갈기는 놀잇감으로 전락하고 말았습니다. 결국 레고는 고생만 진탕하고 말았죠.

그래도 한 번 더 사자를 활용해보기로 했습니다. 대신 이번에는 레고가 아니라 사람이 사자 옷을 입기로 했습니다. '사자 인형 옷을 입은 스태프를 보고 모두 놀라 혼비백산하여 도망할 때 레고가 늠름한 모습으로 가족을 구하고 영웅이 된다!'라는 계획이었지요. 하지만 사자 인형 옷을 입은 사람이 등장하자 예상과는 다르게 레고와 나머지 아이들이 힘을 합쳐 일제히 짖어대기 시작했습니다. 레고 영웅 만들기 계획은 실패했지만, 그래도 위급 상황에서 힘을 합치는 아이들의 모습에 어디 내놔도 자기들끼리 뭉쳐서 살아남을 수 있겠다, 큰 걱정 없겠다 싶어 뭉클하긴 했습니다.

이외에도 약간의 실험을 더 해보았지만, 크게 달라진 것은 없는 듯했어요. 여전히 레고는 아이들을 어색해했고, 우리는 별로 도움이 되지 못한 것 같아 아쉬운 마음뿐이었습니다. 하지만 마지막 날! 큰 성과를 발견했습니다. 바로 레고가 첫 수영을 한 것이었어요. 고작 수영 가지고 성과라니, 이상하다고 생각하실 수도 있겠습니다. 하지만 촬영 전까지 레고는 집 앞에 계곡을 두고도 절대 수영하지 않았습니다. 물을 좋아하는 제니와 6코기들은 신나게 수영을 했지만, 레고는 물이 무서웠는지, 함께 놀기가 어색했는지는 몰라도 항상 물 밖에서 구경만 했었지요. 하지만 약 일주일간 아이들과 함께 촬영하고 신나게 놀면서 무엇인가 깨달았는지 함께 수영을 하게 되었어요.

그렇게 수영 좀 했으면 했는데, 4년 만에 수영을 한 레고. 감동이었어요. 우여곡절이 많았지만, 레고가 편안한 마음으로 함께할 수 있는 영역이 조금 더 넓어졌다는 것만으로도 충분하다고 생각했습니다.

조심스럽게 물속으로···.

여왕님, 여왕님, 우리 여왕님
- 제니 이야기

8코기네 서열 1위 칸, 그 위에 여왕님이 계셨으니. 2014년 2월 10일생 이제 여덟 살 된 6코기들의 엄마 제니입니다. 제아무리 칸이라 해도 엄마에게는 꼼짝 못 해요. 평소 원반 놀이, 공놀이, 터그 놀이 등 왕아빠나 왕엄마가 아이들과 놀이를 할 때 사실 칸은 그리 적극적으로 참여하는 편이 아닙니다. 하지만 일단 흥미를 갖고 달려들면 다른 아이들은 옆에서 짖기만 할 뿐 감히 다가서지 못해요.

그렇지만 제니 여왕님이라면 어떨까요? 제니도 칸과 마찬가지로 놀이를 그리 즐기진 않지만, 흥이 날 때는 잘 노는 타입입니다. 그리고 칸은 자기가 놀고 있을 때 제니가 달려들면 눈도 마주치지 못하고 놀잇감을 내려놓습니다. 칸이 물고 있는 공이나 원반을 빼앗다니! 다른 아이들은 상상할 수 없는 일이지요. 심지어 아빠인 레고라 해도 꿈도 못 꿀 일입니다. 그렇다고 제니가 칸을 혼낸 적이 있는 것도 아닙니다. 제니는 항상 신이 나 있기 때문에 다른 아이들과도 잘 지내고, 특별히 누군가를 다그치는 성격도 되지 않습니다. 그런데도 칸이 제니 앞에만 서면 꼼짝을 못 하니, 역시 개들도 엄마 앞에서는 어쩔 수 없나 봐요.

6코기들을 낳은 엄마지만, 제니는 해가 지날수록 더 귀여워지고 있습니다. 몸집도 8코기네에서 제일 작답니다. 몸 길이가 가장 짧고 통통해서 '소시지' '꼬마 쩨니' '물방개' '무당벌레'라는 별명도 있습니다. 사실 제니는 왕엄마 왕아빠의 원조 귀염둥이지요. 제니는 왕아빠가 자기에게 약하다는 걸 알아요. 그래서 종종 장난치기도 하고 뺀질거리기도 하지요. 왕아빠는 다 알면서도 어쩌지 못하고 당해주는 나날들을 보내고 있답니다.

제니는 사람을 정말 좋아하는데, 특히 성인 남자 손님을 제일 좋아합니다. 펜션에 남자 손님만 오시면 마치 손님 발밑에 둥지라도 튼 것처럼 딱 붙어서 사랑을 독차지하려 해요. 심지어 손님의 반려

견이 다가오려 해도 으르렁거리며 쫓아버려서 민망해질 때가 많아
요. 그래도 순 제멋대로인 제니 여왕님을 이해해주시는 분이 많아
서 다행이지요.

제니가 좋아하는 것이 또 있습니다. 바로 타는 것! 왕아빠가 올라
타라고 하면 썰매가 되었든 보드가 되었든 다 성큼성큼 올라타곤
합니다. 다른 아이들은 어색하기도 하고 무섭기도 해서 섣불리 그

러지 못하는데도요. 그런 제니를 보고 작년 여름 왕아빠는 거금을
들여 특별 선물을 준비했습니다. 그것은 바로 스포츠카. 스포츠카
를 타고 여기저기 얼마나 잘 누비고 다니던지요. 한참 지나도 내려
올 생각을 하지 않고 신나게 즐깁니다. 스포츠카를 타고 아이들 간
식을 사러 쇼핑을 가기도 한답니다.

작고 소중한 제니!

왕아빠가 힘든 일을 하고 지쳐서 쉬고 있으면
어김없이 찾아와서 위로해주지요.

이렇게 예쁜데 어떻게 사랑하지 않을 수 있겠어요?

8코기네 서열 1위 칸,
우리 가족은 내가 지킨다!

칸은 6코기들 중 첫째로 태어났습니다. 눈도 제일 빨리 뜨고 걸음마도 제일 먼저 시작했지요. 왕아빠는 훈련사 교육과정을 이수할 당시 특히 칸을 집중적으로 교육했는데요. 다른 아이들이 보고 따라 할 수 있는 본보기로 삼기 위함이었습니다. 칸은 이후 자연스럽게 8코기네 리더가 되었습니다. 무리 생활을 하는 8코기네에서는 리더의 존재가 무척 중요합니다. 칸이 있기에 8코기네는 균형과 평화를 유지할 수 있습니다.

또 칸은 리치와 함께 8코기네에서 손꼽히는 미남이기도 합니다.

풍성하고 멋지게 휘어진 꼬리와 골격 좋고 근육질의 몸매, 밝은 갈색과 회색이 섞인 눈은 늑대를 연상시키죠. 다리는 짧지만 두툼한 목살과 늠름하고 믿음직한 눈빛을 가진 칸을 보고 있노라면 절로 든든해져요. 실제로 매우 용맹한 칸은 외부의 위험 요소(?)들로부터 가족을 지키는 역할을 합니다.

6코기들이 한 살 남짓 되었을 무렵, 큰 사고가 난 적이 있습니다. 어느 날, 허스키 한 마리가 8코기네에 놀러왔어요. 그 아이는 덩치가 8코기들의 두 배쯤은 되는 데다 장난기가 있어서 긴 다리로 아이들을 꾹꾹 누르면서 장난을 쳤습니다. 애들끼리 놀다 보면 장난도칠 수 있는 거지, 대수롭지 않게 생각하고 있었는데 깨갱 비명이 들려왔어요.

비명의 주인공은 다름 아닌 엄마 제니. 제니는 8코기들 중에서도 가장 다리가 짧고 덩치가 작아요. 그런데 허스키가 그런 제니를 타깃으로 삼았는지 위에서 목덜미를 물어 땅에 대고 꼼짝 못 하게 눌러대는 게 아니겠어요? 제니는 허스키의 기습 공격에 당혹스러운 기색을 감추지 못하고 싫다며 소리를 지르고 있었어요.

그 소리를 들은 왕아빠가 이건 아니지, 좀 말려야겠다 하고 일어서려는 찰나! 칸이 번개같이 달려와서 허스키를 공격하기 시작했습

니다. 체급 차이가 있었음에도 칸이 허스키의 한쪽 귀를 통째로 물고 놔주질 않으니 허스키는 제대로 반격할 수가 없었습니다. 칸의 공격을 신호로, 둘째 아인이와 다섯째 리치까지 달려드니 허스키는 땅에 처박힌 채 서럽게 울며 항복하는 수밖에 없었어요.

왕아빠가 말리려는 기색을 보이자 아인이와 리치는 바로 공격을 그만두었지만, 칸은 분이 덜 풀렸는지 끝까지 물고 놔주지 않았습니다. (물론 칸에게 다가가서 차분히 명령하자, 좀 지나서 허스키를 놔주었습니다.) 아무리 아이들은 싸우면서 큰다지만, 허스키 보호자분 눈치를 보지 않을 수 없었어요. 다행히 보호자분은 마음은 아프지만 이번 기회에 아이가 참교육을 받게 되어 감사하다며 너그럽게 넘어가 주셨습니다. 그 이후로도 자주 놀러 오셨는데, 그때는 단 한 번도 다투는 일 없이 잘 지냈습니다. 개들에게도 친구들과 놀다가 싸우기도 하고, 그러면서 서로를 이해하고 더 건강한 관계를 만들어가는 시간이 필요한 것인지도 모르겠습니다.

칸은 8코기네 각측보행의 정석을 보여줍니다. 동생들, 심지어 엄마 아빠까지 신나게 뛰어다닐 때도 언제나 왕아빠와 눈을 맞추고 곁을 떠날 줄 모르지요. 다른 아이들과 함께 있을 때는 듬직한 리더의 모습을 보여주지만 왕아빠 왕엄마 앞에서는 애교쟁이가 됩니다.

한 번쯤 자신을 내려놓고 편히 놀 법도 한데, 리더의 역할을 하느라 그러지 못하는 칸이 고맙기도 하고 안쓰럽기도 합니다. 그런 칸을 왕아빠 왕엄마는 평소 가장 많이 부르고 챙겨주며 곁에 두려 노력하고 있습니다.

대장 포스 물씬.

살살 녹는
애교 대장 아인이

둘째 아인이는 6코기들 중 유일한 여아로 금지옥엽 외동딸이에요. 아인이는 외모도 그렇고 성격도 꼭 레고와 제니를 합쳐놓은 것 같답니다. 우선 레고의 운동신경을 그대로 물려받았고(하지만 레고보다 덩치가 크답니다), 또 제니를 닮아 항상 에너지가 넘친답니다. 왕아빠가 어질리티 꿈나무로 키워보려 했을 정도로요. (하지만 정신없이 일하다 보니 그러지 못했습니다. 아인이 포함 8코기 아이들의 개별 능력을 제대로 키워주지 못해 항상 미안한 마음을 가지고 있지요.)

이외에도 제니를 닮아 성격이 불같은 듯하지만 레고를 닮아서 은근히 소심한 구석이 있어요. 다른 아이들과 어울리는 듯하면서도 자기만의 세계를 가지고 있지요. 그래도 또 성격은 급해서 기다리라고 할 때도 엉덩이를 들썩들썩거리다가 "오케이!" 사인이 떨어지기 무섭게 가장 먼저 앞장서서 달려 나가는, 알다가도 모를 녀석입니다.

또 아인이는 8코기네 둘째답게 가족을 위협하는 상황이 생기면 칸과 함께 나서서 가족을 지키기도 해요. 반려견의 행동을 교정하

에너자이저 아인이.

는 훈련사 왕아빠 덕분에 8코기네에는 공부하기 위해 찾아오는 댕댕이 친구들이 많습니다. 한번은 지나가는 개들을 이유 없이 공격하는 문제로 훈련을 받으러 온 반려견 남매가 있었어요. 그런데 그 아이들이 칸을 보자마자 일제히 달려들어 공격하는 사건이 있었습니다. 칸이 쪽수에 밀려 고전하고 있을 때 아인이가 나타나서 다른 한 마리를 완벽하게 제압해준 덕분에 큰 사고로 번지지 않고 종료되었지요.

든든한 우리 집 첫째와 둘째.

아인이는 상처를 입히지 않고 목을 물어서 상대의 행동을 차단하는 제압 기술을 자연스럽게 터득한, 참으로 영특한 아이예요. 훈련견이 되기엔 다리가 짧다는 핸디캡이 있어 눈물겹지만, 8코기들 중 유일하게 첫째 칸과 어깨를 나란히 할 수 있는 멋진 아이입니다.

아인이의 특기는 애교와 점프입니다. 낯선 사람을 볼 때도 반가워서 폴짝폴짝 뛰지요. 왕아빠가 아프다고 할 때도 제일 먼저 달려오고요. 그래서인지 왕아빠도 아인이를 부를 때면 목소리에 꿀과 사랑이 철철 넘쳐 흐르지요. 제니를 닮아 뽀뽀를 얼마나 하는지 아인이와 함께 있으면 왕아빠의 얼굴은 금세 침으로 범벅이 되고 맙니다. 아인이의 백만 불짜리 애교는 그 어떤 피로라 해도 사르르 녹여버리는 왕아빠의 비타민입니다.

눕기만 하면 칭찬이 쏟아지니,
반쪽이 팔자가 상팔자

8코기 중 가장 알아보기 쉬운 반쪽이는 분홍빛 순한 눈매와 푸른 빛을 띄는 눈동자를 가진 오드아이 코기입니다. 미안한 말이지만, 6코기들이 갓 태어나서 입양처를 알아볼 때 '반쪽이는 입양 보내기 힘들 것 같으니 우리가 키워야겠다'라고 생각했었어요. 왜, 웰시코기 하면 하얀 얼굴에 양쪽 눈가가 갈색 털로 얼룩이 져 대칭을 이루는 모습이 생각나잖아요? 그런데 반쪽이는 눈가 얼룩이 한쪽밖에 없었거든요. (그래서 이름도 반쪽이입니다.) 실제로도 다른 아이들 입양 문의는 쇄도하는데 반쪽이를 입양하겠다는 사람은 어디에도 없었어요.

　　그랬던 반쪽이가 지금은 8코기들 중 최고로 사랑받고 있어요. 우선 언뜻 똑같아 보이는 웰시코기 여덟 마리 중에서 눈가 얼룩이 한쪽뿐인 아이라는 것이 반쪽이만의 캐릭터가 되었습니다. 8코기네 유튜브를 보고 펜션을 찾아주시는 분들도 처음에는 누가 누구인지 구별할 수 없어 무척 당황하곤 하세요. (물론 시간이 지나면 척척 알아보시게 되지만요.) 그때 단연 돋보이는 녀석이 반쪽이입니다.

반쪽이는 한눈에 알아볼 수 있으니까요. 반쪽이를 보시고 "우와, 반쪽이다!" 하며 안도의 미소를 짓는 분들이 한둘이 아니었어요.

또 반쪽이는 성격도 좋고 6코기들 중 단연 가장 영특합니다. (원반 놀이도 제일 잘해요. 왕아빠가 부르면 신이 나서 원반을 버리고 달려오는 게 함정이지만요.) 왕아빠는 훈련사 교육을 받고 올 때마다 생후 3개월 된 6코기들에게 실습했는데, 그중 가장 빠르게 습득하는 아이가 반쪽이였습니다. 친근한 얼굴에 똑똑하고 성격도 좋으니 반쪽이의 매력에 빠지지 않을 수가 없는 것이지요.

애교쟁이 반쪽이.

사진 찍을 때도 항상 센터 자리.

왕아빠가 펜션을 찾아주신 손님들과 대화를 나누고 있으면 반쪽이는 어김없이 나타나서 손님과 왕아빠 사이에 벌러덩 누워버리는 엉뚱한 행동을 합니다. 손님과 함께 온 반려견 친구들이 다가올 때도 발라당 누워줍니다. 워낙에 눕는 걸 좋아하기도 하지만, 자신을 충분히 탐색해도 좋다고 허락해주는 거예요. 개들이 드러눕는 것은 버릇없는 행동이 아니에요! 반려견들이 잘 엎드리고 눕는 것은 일단 성격이 좋거나 그 장소를 편하게 인식하고 있다는 뜻입니다. 웃기기도 하고 귀엽기도 하고 기특하기도 해서 왕아빠는 지나다니다가 반쪽이가 누워 있는 것만 보이면 칭찬해주고 보상을 주었지요. 그랬더니 시도 때도 없이 눕는 특기를 갖게 되었어요.

반쪽이는 말도 참 많습니다. 빨리 나가자고, 신난다고, 무섭다고, 그만하자고 등등…. 자기 표현도 잘하고 사람과도 개들과도 잘 지내는 '스타견' '인싸견'이 된 반쪽이를 볼 때면, 참 잘 키웠다는 생각이 들어 뿌듯해집니다. 반려견은 결국 반려인 하기 나름 아닐까요?

코코는 왕엄마를 사랑해

8코기들 중 반쪽이와 함께 인기의 양대 산맥을 이루는 아이가 넷째 코코랍니다. 언뜻 표정 없는 듯 보이지만 사실은 세상 모든 것을 사랑하고 있다는 게 코코만의 독특한 매력이지요.

반쪽이와 함께 '8코기네 손님 맞이견'이라는 막중한 임무를 맡고 있는 코코는 매일 자기 업무를 충실히 수행합니다. 코코는 손님이 주차장에 도착하면 가장 먼저 인사하겠다고 나서요. 켄넬 문을 열어주면 쏜살같이 주차장으로 달려 나가지요. 평소에는 절대 그렇게 빠르게 움직이는 일이 없습니다. 그게 나름대로 자기 일이라고 생각하나 봐요. 손님들을 여유 있게 맞이해주고 나서는 주차장을 통해 연결되는 계곡과 운동장을 차례로 소개해줘요. 그렇게 손님 맞이를 마치고 나면 조용히 자기 자리로 돌아온답니다.

코코는 특히 개 친구들에게 더 다정해요. 여유 있게 물속에 들어가서 수영하는 법도 알려주고, 잔디밭에 뒹굴면서 너도 이렇게 뒹굴뒹굴해보라고 권하지요. 그래서 사나운 아이나 겁이 많은 아이도 코코에게는 마음을 여는 경우가 많아요. 왜 그럴까 생각해봤는데,

만나서 반가워! 난 코코야.

왕아빠가 동물매개치료와 퍼피 트레이닝 안정화 교육을 받을 때 코코에게 많이 실습했기 때문인 것 같아요. 강아지 때 했던 교육이 빛을 발하게 된 것이지요.

코코는 8코기들 중 왕엄마를 가장 잘 따릅니다. 펜션 안에서나 운동장에 나갈 때나 겨울에 산행을 할 때나 왕엄마가 잘 오는지 항상 지켜보고 기다려주며, 거의 옆에서 졸졸 따라다니지요. 왕아빠가 불러도 왕엄마가 따라오지 않으면 좀처럼 오려고 하지 않아요. 코코가 통통해서 뒤처지는 거라고 놀리지만 사실은 정이 많아서 그런 거예요. 한번은 왕아빠와 산행을 하면서 산중턱까지 올라갔는데, 산 밑에서 왕엄마가 부르니까 쏜살같이 달려 내려가버리는 거 있죠? 코코에게 "왕엄마가 좋아, 왕아빠가 좋아?" 물어보면 "왕엄마!"라고 할 것 같아 왕아빠는 질투가 납니다.

왕엄마와 코코 둘만의 세상.

왕엄마와 함께 있을 때
코코는 마치 보물이라도 찾은 것처럼
행복해 보여요.

우리 코코는 수영도
참 좋아하는 물개랍니다.

무뚝뚝해 보이지만,

사실 엄청 따뜻하답니다.

8코기네 최고 미남
리치의 이야기

8코기들 중 가장 잘생긴 아이를 발견하셨나요? 그 아이가 바로 다섯째 리치입니다! 요즘 많은 분들이 리치를 '미견'이라 불러주고 계세요. 칸이 듬직한 장군처럼 잘생겼다면, 리치는 딱 꽃미남 같은 외모로 팬층이 두텁습니다. 태어났을 때부터 혼자 색이 진하고 똘망똘망한 게 남달랐지요. 나중에 털갈이를 하면서 진한 색 털이 다 빠지고 다른 아이들과 똑같은 누렁이가 되었지만요. 그래도 지금도 윤기 나는 긴 털을 자랑한답니다.

에디보다 딱 10분 일찍 태어난 리치는 8코기네 막내 라인 에너자이저를 담당하고 있습니다. 꼬물이 때부터 텐션이 남다르더니, 커서도 아주 급하고 쉽게 흥분하는 성격을 보여주고 있어요. 눈이 돌아간다는 말이 있는데, 리치는 정말 흥분해서 눈이 돌아간 적이 있었어요. 그 정도로 에너지가 넘쳐흐르지요. 8코기 중 제일 덩치 큰 칸보다 더 많이 먹는데, 하도 팔딱대고 짖어대서(어질리티 속도가 다른 아이들의 1.5배 정도 빠른 것을 보면 평소에도 에너지를 가장 많이 쓰는 것 같아요) 6코기들 중에 몸무게도 가장 적게 나가요.

사실 리치는 6개월 차에 왕엄마의 둘째 언니에게 입양 갔다가 다시 돌아온 적이 있어요. 반려견 훈육에 대해 잘 몰랐던 둘째 언니네 가족은 리치에게 마냥 쩔쩔매기만 하였고, 리치는 그 속에서 자기표현을 과하게 하면서 안 좋은 버릇을 갖게 되었어요. 결국 10개월쯤 돼서 다시 8코기네로 돌아오게 되었지요. 왕아빠에게도 똑같이 자기 멋대로 구는 바람에 특별 훈련을 받아야 했습니다.

　　어떻게 했냐구요? 교육에는 왕도가 없어요. 그저 인내심을 갖고 꾸준히 반복하는 것뿐입니다. 한번 마음의 문이 닫힌 아이들은 절

대 그 문을 쉽게 열어주는 법이 없습니다. 열더라도 아주 천천히, 서서히 열지요. 한 살이 채 되지 않았을 무렵 우리에게 돌아온 리치가 왕아빠를 완전히 따르게 된 것은 네 살이 되어서였습니다. 그만큼 어릴 적 잘못된 교육이 성견이 되어서도 엄청난 영향력을 발휘한다는 것이지요.

하지만 결국엔 리치도 마음의 문을 열고 8코기네 멤버가 되었습니다. 리치는 아침에 일어나면 7코기들이 왕아빠에게 인사를 다 할 때까지 먼발치서 지켜보다가 모두 인사를 마쳤다 싶으면 그제야 쪼르르 다가와요. 왕아빠는 그런 리치의 성격을 자주 '고양이 같다'고 표현하지만(실제로 리치는 높은 곳에 올라가서 휴식을 즐기고, 레고를 닮은 건지 다른 아이들과는 떨어져서 혼자만의 시간을 보내는 경우가 많지요. 고양이처럼 그루밍까지 하면서 깔끔을 떤다니까요!), 애잔함을 많이 느낍니다. 우리가 처음부터 함께했다면 어땠을까, 하고요.

리치야, 그래도 함께하니 행복하지?

앞으로도
오래오래
같이 살자!

251

막내 에디는 사랑받고 싶다

에디는 6코기들 중 막내이며 가장 작게 태어났습니다. 첫째 칸의 절반 정도밖에 되지 않았으니까요. 그래서 젖을 먹을 때도 왕엄마 왕아빠의 도움이 필요했지요. "에디의 눈이 왠지 슬퍼 보여요…" "눈치를 보고 있는 것 같아요"라고 말씀하시는 분들이 계신데, 똑같이 교육하고 똑같이 사랑을 주며 키웠지만, 누나와 형들에게 치여서인지 에디는 소심하고 항상 주변만 맴돌 때가 많습니다. 7코기들이 하나같이 매력이 넘치고 워낙 쟁쟁해서 에디에게는 주목받을 기회가 별로 없어요. 어설프지만 칸 형처럼 왕아빠의 옆에 딱 붙어

서 따르는 것도 배웠고, 반쪽이 형처럼 왕아빠를 만나면 발라당 눕기도 하지요. 원반이라도 던져주면 가장 먼저 달려가지만, 아무도 관심을 가져주지 않아 외롭게 멍하니 있을 때가 많지요.

그게 안타까운 왕아빠는 다른 형제들이 손님들에게 예쁨을 받을 때 에디를 따로 챙겨줘요. 평소에도 일부러 에디만 불러서 함께 시간을 보내기도 하고, 8코기 놀이 시간에도 에디에게 원반이라도 몇 번 더 던져주려고 노력하지요. 너무 챙겨주면 나쁜 버릇 들까 봐 조심스럽긴 하지만, 왕아빠는 막내 에디가 항상 안쓰럽고 더 눈길이 가요.

그런데 에디가 친구 탄이를 만나면서 밝아지기 시작했어요. 축 처져 있던 꼬리도 위로 말려 올라가고, 폴짝폴짝 뛰어다니며 형 누나 들에게도 같이 놀자고 먼저 이야기하게 되었지요. 내심 에디가 8코기들 사이에서 소외되지 않을까 걱정했는데 그 모습을 보면서 참 다행이다 싶었습니다.

이제 여섯 살이 되지만 "에디야~" 부르면 쪼르르 달려와서 애교 넘치게 대답하는 모습이 딱 막내예요. 정말 사랑스럽답니다. 다른 사람들이 몰라보면 어때. 왕아빠 왕엄마가 사랑 듬뿍 주면 되지. 에디야 사랑해~^^

5장

배움은 끝이 없다!
8코기들 이렇게 가르쳤어요

반려견에게도
조기 교육이 필요해요

8코기를 보시는 분들마다 꼭 한 번씩 하시는 말씀들이 있습니다.

"아이들이 말을 참 잘 듣네요!"

"8마리나 되는 아이들을 어쩜 그렇게 편하게 데리고 다니실 수 있나요?"

"아이들이 모두 착하고 똑똑하네요."

내내 강조하였듯, 그 비결은 바로 교육에 있습니다. 이 장에서는 왕아빠 왕엄마의 8코기 교육 신조와 방법을 소개하고자 합니다.

반려인들의 대표적인 착각이 반려견이 자신의 말을 이해한다고 생각하는 것입니다. 물론 내 반려견은 반려인에게 세상에 둘도 없이 특별한 존재지만, 내가 생각하는 것만큼 나를 이해해주거나 내 말을 잘 들어주는 존재는 아닙니다. 반려인이 그렇다고 느끼는 것뿐이지요. 반려견의 지능은 평균적으로 세 살 어린아이 정도라고 보면 됩니다. 물론 유독 지능이 높은 견종도 있고, 특별히 훈련을 많이 받아서 똑똑한 개들이 있기도 합니다만, 큰 차이는 없습니다.

그래서 반려견의 유아기는 사람의 유아기와 매우 비슷한 점이 많습니다. (사람이 교육과 경험을 통해서 계속 성장하는 반면, 개는 어느 정도 자라면 성장이 멈춘다는 차이점은 있지만요.) 우리는 아이가 뱃속에 있을 때부터 동화책을 읽어주고, 철마다 발달 단계에 맞는 장난감을 사줍니다. 그런데 반려견은 너무 쉽게 방치합니다.

카리스마 넘치는 칸도 왕아빠 앞에서는 어린아이가 됩니다.

강아지 시절 3개월에서 6개월이라는 시간은 개의 평생을 좌우하는 중요한 시기입니다. 모견의 따뜻한 체온과 심장 소리, 체취 가운데 안정감을 느끼며 많은 것을 배우는 시기거든요. 그런데 우리나라에서는 반려견을 입양할 때 보통 2개월에서 3개월 정도 된 아이를 데리고 옵니다. 어쩌면 우리는 반려견을 맞이하는 순간부터 잘못된 단추를 끼우고 있는지도 모릅니다.

반려인이 모견의 빈자리를 채워줄 수 있다면 그나마 다행이겠지요. 하지만 원하든 원하지 않았든 많은 반려인이 반려견을 혼자 두게 됩니다. 쿠션과 배변패드를 준비해두고 사료와 물을 담아놓은 뒤 외출하는 경우가 많습니다. 그러면 아이는 하루 온종일 혼자서 모든 것을 경험해야 합니다. 반려견에 대한 지식이 있는 분이나 훈련사라면 절대로 그렇게 둘 수 없을 것입니다.

레고와 제니를 막 입양했을 때는 우리도 별반 다르지 않았습니다. 맞벌이를 했기 때문에 아침마다 아이들만 두고 집을 나와야 했지요. 그래도 많은 시간을 함께 보내려고 노력했어요. 다행히 우리 둘 다 회사가 바로 집 근처라 둘 중 하나는 늦어도 저녁 여섯 시 반까지는 집에 도착해서 아이들을 돌볼 수 있었습니다. 주말이면 이곳저곳 많이 돌아다녔고요. 거의 아이들을 위해 산다고 해도 과언이 아닐 정도로 남부럽지 않게 잘 키우고 있다고 생각했습니다. 하지만 착각이었어요.

2년 뒤 6코기가 태어나고 반려견 훈련사, 핸들러, 동물매개치료사 자격 취득을 준비하면서 레고와 제니를 키우면서 했던 것들이 결코 충분하지 않았다는 걸 깨달았습니다. 반려견을 키우려면 사람 아이 하나 키우는 것과 별반 다르지 않은 노력과 정성이 필요하다는 것도요. 레고, 제니와 함께 살면서 해왔던 잘못된 행동들이 머릿속을 스쳐 지나가며 미안한 마음이 밀려왔습니다.

 그래서 6코기에게는 같은 잘못을 반복하지 말자고 다짐했어요. 많은 시간을 함께하며 정말 열심히 가르쳤지요. 물론 6마리라서 남들보다 6배 힘들긴 하였지만, 하면 할수록 더 깊게 교감하게 되면서 많은 내용을 쉽게 가르칠 수 있었어요. 반려견과 반려인의 행복한 미래를 위해 교육은 선택이 아닌 필수입니다.

반려견이 세 살짜리 어린애라면

반려견들이 집에서 사고 치는 것을 이해해주지 못하는 사람이 많습니다. 물론 처음 몇 번은 참아주지요. 하지만 그 행동이 계속되면 참지 못하고 쉽게 혼을 냅니다. 가르치기 위함이라고 하지만 저는 그건 보호자의 스트레스 해소지 교육이 아니라고 생각합니다. 세 살짜리 아이가 사고를 쳤다고 그걸 나쁘다고 말할 수 있을까요? 하물며 강아지들인데, 벽지를 뜯고, 리모컨을 물고, 아무 데나 배변하면 안 된다는 걸 어떻게 알겠어요? 아이가 자라면서 해도 되는 것과 하면 안 되는 것을 차츰차츰 배워가는 것처럼 반려견도 마찬가지입니다.

그런데 가끔 인터넷을 보다 보면 정말 깜짝 놀랄 때가 많습니다.

"3개월짜리 강아지가 대소변을 못 가려요. 어떻게 하나요?"

"다른 강아지들은 잘한다는데 이 아이는 왜 이럴까요? 문제가 있는 게 아닌가요?"

"3개월짜리 강아지가 물어서 피가 났어요. 어떻게 가르치죠?"

"아이가 짖어도 너무 짖어요."

답변은 더 경악스러웠습니다.

"깽 소리가 날 때까지 주둥이를 꽉 잡으세요!"

"콧등을 때리세요!"

"페트병에 동전을 넣고 짖을 때마다 내리치세요!"

사람 아기들도 대소변을 가리지 못해서 몇 년씩 기저귀를 차는데, 3개월짜리 강아지가 똥오줌을 가리지 못하는 건 당연한 일 아닌가요? 아기들도 구강기에는 보이는 모든 것을 입으로 가져갑니다. 그런다고 콧등을 때릴 수 있을까요? 아기들이 울고 보채는 것과 같이 개들에게는 낑낑거리는 것이 자연스러운 반응인데, 그럴 때마다 시끄럽다며 혼을 내면 될까요? 개들은 사람보다 청각이 민감하기 때문에 외부 소리에 더 쉽게 반응하고 짖을 수 있습니다. 그런데 그걸 두고 시끄럽다며 나무라는 게 맞는 행동일까요? 사람의 관점에서 개들에게 너무 많은 걸 기대해서는 안 됩니다. 눈높이를 맞춰주세요.

입양할 때도 더욱 신중해야 합니다. 반려견을 세 살짜리 어린애라고 생각한다면, 섣불리 입양할 수 없을 것입니다. 또한 세 살짜리로 평생을 산다고 생각하면 더욱더 어렵겠지요.

반려견에게도 보상이 필요해요

개가 사람보다 지능이 낮다고 해서 평생 벽지를 뜯거나 물건을 망가뜨리고 마음대로 행동하게 해서는 안 되겠지요. 그럼 어떻게 교육해야 할까요? 긍정 교육을 통해 부정 요소를 해결해야 합니다. 옳은 행동을 했을 때 알맞게 칭찬해주기를 반복한다면, 개들도 무엇이 잘하는 행동이고 무엇이 잘못인지 쉽게 알 수 있어요. 반려견들에게도 칭찬과 보상이 필요해요.

한번 상상해보세요. 열심히 일하는데 월급을 주지 않는다면 일하고 싶은 마음이 생길까요? 반려견도 똑같아요. 우리가 반려견에게 너무나 쉽게 하는 말이 있습니다. 바로 '이리 와'예요. 그런데 반려견이 내가 부른다고 해서 꼭 와야 할까요? 부르면 와야 한다고 생각하는 건 반려견을 '반려견'이 아니라 '애완견'으로 여기는 것입니다. '이리 와'는 엄연히 명령어입니다. 명령하고 반려견이 그 명령을 따랐으면 칭찬하고 보상을 줘야 하는데 입 싹 씻는 경우가 많아요.

그것이 반복되니 불러도 쳐다도 안 보고, 오히려 도망가는 아이들도 많지요. 그런 상태가 한 해 두 해 계속되면 반려견이 어디로 튈지 몰라 긴장하게 돼요. 실제로 줄을 놓쳤는데 리콜이 되지 않아서 사람이나 다른 개를 공격하거나 교통사고를 당하는 등의 사고도 굉장히 많이 일어나지요. '이리 와'는 내 반려견과 주변 모두의 안전을 위한 가장 기본적인 명령어인데, 보호자가 그것조차 제대로 구사하지 못하는 거예요.

"우리 개는 개인기도 잘하고 진짜 똑똑해요!"라고 말씀하시는 분들이 계세요. 정말 교육이 잘되어서 하는 행동인지 알아보는 방법이 있습니다. 맛있는 간식을 보여주고 아무 말 하지 않고 눈만 바라보세요. 시키지도 않은 개인기를 하려 들 것입니다. 이 경우 반려견은 그저 간식을 먹겠다는 의지로 행동하고 있는 거예요. 무조건적으로 보상하지 말고 반려견이 '명령어에 반응했을 때' 칭찬과 보상을 안겨주세요. 그런 경험이 하나둘 쌓이면 명령어를 정확히 알아듣는 반려견이 됩니다.

우리 댕댕이 교육은 끝이 없다

'평생교육'이라는 말이 있지요. 반려견도 마찬가지입니다.

반려견을 완벽히 사회화하는 것은 매우 힘든 일입니다. 반려견들도 끝없이 교육해야 해요. 단순한 개인기가 아니라 켄넬 교육, 배변 교육, 매너 교육, 안정화 교육, 산책 교육, 외부 자극 교육, 놀이 교육 등 반려견의 삶에서 꼭 필요한 교육들을 꾸준히, 일관성과 인내심을 갖고, 될 때까지 해야 합니다. 다 되었다 싶어 안 하면 잊어버립니다. 사람도 그래서 복습이 중요하다고 하잖아요. 좋은 반려문화를 만들기 위해서 가장 필요한 항목이 반려견 교육입니다.

이때 중요한 것이 있습니다. 반려견을 교육하는 보호자가 그 방법을 알고 있어야 해요. 보호자가 먼저 공부해서 반려견에게 가르쳐줘야죠. 내 반려견이 당당한 사회 성원으로서 행복하게 살 수 있게 해줘야 해요. 교육은 선택이 아니라 필수적인 책임입니다.

사람이나 동물이나
좋은 친구가 필요해요

사회화 교육이란 정말 광범위한 말인 것 같아요. 단순히 다른 개와 싸우지 않고 잘 지내게 하는 것을 사회화 교육으로 알고 계신 분들이 많은데, 사실 그건 일부분에 지나지 않아요. 우리 사회는 반려견들만으로 이루어지지 않고, 다양한 성격의 사람과 환경 들로 구성되어 있잖아요. 결국 사회화 교육이란 일상생활에서 반려견이 만나게 되는 모든 것들에 대한 교육이라고 볼 수 있어요.

사람도 사회에 나가기 전에 집에서부터 시작하여 초, 중, 고, 대학교로 이어지는 교육과정을 밟지요. 사람보다 수명이 짧을 뿐이지 반려견도 마찬가지예요. 못해도 5년간은 꾸준히 교육해줘야 해요. 따로 시간 내어 하는 교육은 3~6개월, 길게는 한 살 정도 될 때까지만 하면 되고, 향후에는 경험을 통해 복습만 하면 되지요.

생후 3~6개월에는 리콜 교육·각측 보행 교육·켄넬 교육·안정화 교육·기본 훈련(앉아, 엎드려, 기다려) 등을 통해 사회에 나갈 준비를 하고, 6개월~1년까지는 직접 부딪히기보다는 눈으로 보고, 냄새를 맡으면서 반복적으로 많은 것을 경험하게 해주어야 합니다. 아파트에 사시는 분이라면 만나게 해줄 수 있는 것으로 엘리베이터, 자동문, 어린이, 자전거, 킥보드 등이 있겠네요. 집 밖으로 나가면 성인 남자, 노인, 달리는 어린이, 오토바이, 자동차, 다른 집 반려견, 새, 고

춘잠이, 로지, 메이.

매순은 끝이 없다 | 8곳기둥 익숙게 가르쳤어요

양이 등을 만나게 될 것이고요. 승용차나 대중교통을 타고 어딘가로 가는 것도 사회화 교육 중 하나가 될 것입니다.

반려견의 사회화 교육에서 중요한 것은 우리의 눈높이가 아니라 반려견의 눈높이에서 이루어져야 한다는 것입니다. 저 멀리서 다른 개가 온다고 "친구다!" 하며 달려가서 만나게 해주거나, 어린아이들에게 소개시켜주는 일은 반려견 사회화 교육과는 거리가 멀지요. 내 반려견이 남에게 예쁨받는 것은 반려인에게 기분 좋은 일이지만 반려견 입장에서는 꼭 그래야 하는 법이 없거든요. 마찬가지로 비반려

같은 댕댕이 친구뿐 아니라.

에디와 탄이.

인분들은 "강아지다! 강아지 만나러 가자!" 하며 급하게 다가가기 전에 상대 반려견이 그것을 어떻게 받아들일지 먼저 생각하셔야 합니다. 불편해하거나 겁을 먹을 수도 있으니까요. 그러다가 개가 짖거나 물기라도 하면 비난의 화살은 개와 반려인을 향하게 됩니다. 아무렇지도 않게 하는 행동들이 그 강아지의 사회화를 방해할 수도 있다는 사실을 기억해야 해요.

개들은 살아가면서 정말 많은 경험을 하게 됩니다. 이때 안 좋은 경험보다는 좋은 경험을 많이 하게 해주는 것이 보호자의 임무겠지요.

사람들과도 잘 지낼 수 있어야 하겠지요.

왼편마 쇼카 수인이
수현이와 함께

여러분의 산책,
누가 리드하고 있나요?

반려견과 산책할 때, 반려견이 앞서 나아가고 보호자가 뒤에서 리드줄을 잡고 느긋하게 따라가는 모습을 흔히 볼 수 있습니다. 이때 보호자는 리드줄을 잡고 있기 때문에 주도권이 나에게 있다고 생각하지만, 사실상 산책을 이끄는 쪽은 반려견이에요.

따로 산책 교육을 받지 않고 하네스를 차게 된 반려견들은 열이면 아홉 보호자보다 앞에서 나아갑니다. 이럴 경우 반려견들이 예민해지거나 심하게 짖을 수 있어요. 보호자보다 앞에 있으면서 먼저 보고, 듣고, 스스로 판단하며 흥분하기 때문입니다. 특히 이때 낯선 사람을 만나거나 다른 개가 도발해오는 등 두려움을 느끼는 상황이 발생하면 보호자도 그럴 거라고 착각하고 보호자를 지키기 위해 더 사납게 짖게 됩니다. 중대형견의 경우에는 그러다 타인에게 상해를 입히기도 하고, 갑자기 돌진하여 리드줄을 잡고 있던 보호자까지 심하게 다치게 하기도 해요.

이러한 사고를 예방하기 위해서 보호자가 잘 리드해주어야 합니다. 함께 산책할 때 반려견의 위치는 산책의 질을 높일 수도 있고, 스트레스를 줄 수도 있는 중요한 요소입니다. 이제까지 산책한답시고 내 반려견에게 스트레스를 주었던 것은 아닌지 누구나 한 번쯤 돌아보아야 합니다.

비반려인들도 생각해주세요

2021년 한국의 반려문화는 많이 바뀐 듯하지만 사실 크게 변화한 것은 없습니다. 아, 한 가지는 확실하네요. 개를 끔찍하게 사랑하는 사람만큼 개를 끔찍하게 싫어하는 사람도 생겼지요. 일부 반려인들의 배려 없는 행동과 교육 없는 사랑 때문이 아닐까 조심스럽게 추측해봅니다. 내 반려견이 예쁘면 남의 반려견도 예쁘고, 개를 좋아하는 사람이 있다면 싫어하는 사람도 있다는 것을 인정해야 합니다.

반려인들이 쉽게 하는 말이 있습니다. "우리 개는 안 물어요." "우리 개는 교육을 잘 받았어요." 왕아빠가 6년여간 반려견 훈련 상담을 하면서 가장 많이 들었던 이야기이기도 합니다. "애가 한 살 때는 전혀 문제가 없었는데… 갑자기 이렇게 바뀌었어요." 반려견의 문제가 아님에도 불구하고 반려견의 탓으로 돌리거나, 다 자기 잘못이라고 하면서 어물쩍 넘어가려 하는 경우도 있어요.

왕아빠가 제니와 외출했을 때의 일입니다. 제니는 제 옆에 붙어서 여유롭게 발맞추어 가고 있었는데, 갑자기 지나가던 개가 제니에게 달려들었어요. 평소 한 성격 하는 제니지만, 이런 상황에 대응하는 법을 훈련받았기에 고개를 다른 쪽으로 돌리고 가만히 있었지요. 왕아빠가 제니 앞을 막아섰더니 그 개가 왕아빠의 다리를 신나게 물지 뭐예요? 그렇다면 상대 보호자는 어떻게 했을까요? 아무것도 하지 않았습니다. 물리고 있는 와중 "아주머니, 이 개가 절 물고 있어요. 물잖아요!"라고 이야기했는데, 들은 척 만 척 그냥 자기 개만 챙겨서 지나가버리더라구요. 화가 머리끝까지 났지만, 같이 개 키우는 입장에 싫은 소리 하기도 참 힘들어서, 아 이것이 우리나라 반려문화의 현실이구나, 하며 씁쓸하게 그냥 바라보고 있었습니다.

같은 반려인에게도 잘못하는 분이 많은데 하물며 비반려인에게는 어떨까요? 개를 이해하지 못한다며 도리어 적반하장으로 나오는 경우도 있습니다. 우리 아이를 '가해견'으로 키우지 않기 위해, 그리고 건강한 반려문화 정착을 위해 교육은 꼭 필요합니다.

8코기 교육의 모든 것

그렇다면 구체적으로 어떻게 교육해야 할까요? 지금부터는 8코기들을 교육했던 경험을 바탕으로 실전 교육법에 대해서 이야기해보겠습니다.

1. 켄넬 교육이 잘되면 배변 교육도 쉬워져요.

앞에서 켄넬 교육은 반려견을 기르는 데 있어 가장 중요한 훈련이라고 언급했습니다. 켄넬 교육에 보너스처럼 따라오는 효과들이 정말 많거든요. 많은 반려인들이 힘들다고 하시는 배변 훈련이 수월해진다는 것도 그중 하나입니다.

6코기들은 젖을 떼고 이유식을 먹게 되었을 때 켄넬 교육을 시작했습니다.

3~4개월 된 강아지들을 켄넬 교육하는 것은 어렵지 않아요. 켄넬 문을 열고, 강아지를 들여보내면서 '하우스(house)!' 혹은 '인(in)!'이라는 명령어를 말해주고 문을 잠근 뒤 보상으로 사료를 몇 알 주면 끝입니다.

이때 반응은 켄넬 문을 물거나, 낑낑거리거나, 긁거나, 가만히 멍하게 앉아 있는 등 강아지들마다 다양한데요. 다행히 이 시기에는 반응이 매우 짧게 나타나고 금방 사라집니다. 짧게는 10분, 길게는 30분 이내에 잠드는 것이 대부분이지요. 그러니 강아지가 울거나 문을 긁어도 절대 눈을 마주치거나 받아주지 마세요. "왜 그래~" "안 돼~" 등 반응을 해준다면, 켄넬에 들어갈 때마다 그럴 수 있으니 잘 때까지 절대로 반응해주시면 안 됩니다. 켄넬 안에 들어간 강아지가 잠들 때까지와 깨었을 때 곁을 지켜주시는 것도 중요해요. 또 강아지가 잘 잘 수 있도록 켄넬에 들어가기 전 신나게 놀아주시면 더 좋겠지요.

강아지가 4시간에서 5시간 정도 잠을 잤다면 켄넬에서 나오게 합니다. (보호자가 정한 시간 전에 강아지가 잠에서 깼다고 해도 바로 켄넬 문을 열어주시면 안 됩니다.) 켄넬 문을 열고 눈을 맞춘 뒤 이름을 부르면서 '아웃(out)!' 혹은 '나와!'라고 말해주세요. 배변 훈련은 지금부터입니다. 아이가 나오면 배변 패드로 유인하고 그곳에 머무르게 하면서 또다시 '쉬~' '화장실' 등의 명령어를 5분 정도 계속해서 외쳐줍니다. 그러면 강아지들은 처음에는 의아해하며 배변 패드 위를 돌아다니다가 이내 코를 박고 냄새를 맡은 뒤 자리를 잡고 소변을 봅니다. 그러면 칭찬과 함께 사료를 몇 알 주세요. 이렇게 정해진 시간마다 반복해주시면 완벽하게 배변 교육을 할 수 있습니다.

6코기들이 3개월 차 때 아침마다 장관이 펼쳐졌습니다. 벽을 따라 쭉 늘어서 있는 여덟 개의 켄넬 중 제일 먼저 레고 켄넬의 문을 열어주고 "화장실!"이라고 외치면 레고는 반대쪽 벽면에 있는 배변 패드에 가서 소변을 봤습니다. 그리고 다시 "인"이라고 외치면 켄넬로 돌아왔지요. 그렇게 막내 에디까지 줄줄이 소변을 다 보고 나면 첫째부터 막내까지 켄넬 안에서 먹을 수 있게 식사를 챙겨줍니다. 식사가 끝난 후에는 소화할 시간을 줍니다. 30분 정도 후에 다시 켄넬 문을 열고 소변을 누일 때처럼 "화장실"이라고 하면 이번엔 한 마리씩 대변을 봅니다.

실내 배변 교육을 하지 않고, 아침에 바로 밖에 나가 버릇하다 보면 실내 배변 습관을 만들기가 매우 어려워집니다. 그래서 대소변이 마려우면 때와 시를 가리지 않고 울거나, 현관문을 긁어대는 경우가 많이 생깁니다. 그런데 날씨가 궂다거나, 보호자나 반려견이 아프기라도 하면 아무래도 실외 배변이 힘들어져요. 결국 실내 배변과 실외 배변을 둘 다 할 수 있도록 교육해야 해요.

위의 교육 방법은 생후 3~5개월 사이의 강아지일 경우에만 가능한 방법이니 성견은 다른 방식으로 교육해주셔야 합니다. 레고와 제니를 훈련했던 이야기를 들려드릴게요. 레고와 제니는 생후 6개월 전에는 실내 배변을 했는데, 산책 횟수가 많아지고 나가 있는 시간이 길어지면서 아예 집에서 배변을 하지 않게 되었습니다. 우리는 실내 배변의 중요성을 느끼고 실내 배변 교육을 시작했지요. 일단 밖에 나가지 않는 게 첫 번째입니다. 낑낑거려도 애써 모른 척하고 배변 패드로 데리고 와서는 "화장실"이라고 말했습니다. 간식도 하나 놔주면서요. 5분 정도 기다려도 배변하지 않으면 다시 켄넬에 넣었다가 한 시간 후에 다시 배변을 유도하기를 계속 반복했어요.

여기서 가장 중요한 포인트는 평소에 잘 먹는 간식들을 자주 챙겨주고 집 안에서 신나게 놀아주는 것입니다. 그러다 보면 결국은 성공하게 돼요. 실내 배변에 성공하면 그 즉시 폭풍 칭찬을 해주고 바로 산책을 나가주시면 됩니다. 이렇게 꾸준히 한 달 정도만 해주면 실내 배변 습관이 잡히고 안 마렵더라도 하는 척이라도 하는 아이가 됩니다. 참고로 레고와 제니는 무려 5일을 참았고, 첫 대변의 크기가 어마어마했었지요. 그때는 교육하기 위해 어쩔 수 없이 아이들을 힘들게 하는 것이 미안했지만, 지금 생각하면 정말 잘했다는 생각이 듭니다.

지금 8코기들은 집 앞에 마당이 있지만, 비가 오는 날은 나가서 싸라고 해도 싫다고 해요. 그래서 실내에 배변 패드를 깔아주면 알아서 한 마리씩 배변을 하지요. 실내 배변과 실외 배변 사이에 정답은 없지만, 이왕이면 우리 모두 편한 쪽이 좋지 않을까요?

2. 앉아·엎드려·기다려보다 중요한 안정화 교육(복종훈련)

반려견 안정화 교육이라는 말 자체를 처음 들어보시는 분들도 많을 것 같습니

다. 이 교육은 유아교육에서 나왔는데, 엄마가 아기를 안아서 재우고 안정시키는 행동에서 따온 것입니다. 6코기들은 제니 품에서 젖도 충분히 먹고, 충분한 시간 동안 보살핌을 받았지만, 대부분의 강아지는 너무 일찍 어미 품을 떠나오게 됩니다. 바로 입양되면 좋겠지만, 그러지 못하면 꽤 오랜 시간을 방치된 채 기다려야 하지요. 이렇게 세상과 마주하게 되는 아이들이 착하고 훌륭하게 자라기란 매우 어려운 일일지도 모르겠습니다. 그런데 대부분 보호자들이 반려견을 입양하고 가장 먼저 가르치는 것이 "앉아!" "엎드려!" "손!"이지요. 안정화가 되어 있는지 아닌지도 모르면서 말이죠.

6코기들은 가족들과 함께 지내며 다른 강아지들보다는 안정적으로 자랄 수 있었지만, 그래도 한 달여간 매일 밤마다 한 마리씩 품에 안아서 재워주었습니다.

안정화 교육은 크게 3단계로 이루어지는데요. 1단계는 품에 안고 재우기, 2단계는 무릎에 눕혀 재우기, 3단계는 엎드리게 하고 위로 넘어 다녀도 될 정도로 동요하지 않는 아이 만들기입니다. 매일 6마리에게 안정화 교육을 하는 것은 정말 힘든 일이었지만, 지금 생각하면 정말 잘한 일 중 하나입니다. 모두 성격 좋게 잘 자라주었고, 특히 셋째부터 막내까지 무서열 개린이들은 세상 누구와도 잘 지낼 수 있게 되었거든요. 안타깝게도 레고와 제니 때는 안정화 교육을 몰라서 해주지 못했어요. 6코기들과 다르게 행동하는 모습을 볼 때면 참으로 안타깝습니다.

안정화 교육이 어느 정도 되고 나면 켄넬 교육과 함께 '이리 와' '앉아' '엎드려' '기다려' 등의 복종 훈련을 합니다. 왕아빠가 복종 훈련에서 가장 중요시하는 부분은 '이리 와' 즉 리콜 훈련입니다. 보호자가 여러 번 불러도 들은 척 만 척하거나, 간식이 있어야 움직이는 반려견으로 키워서는 안 됩니다. 반려견에게 권위를 부리라는 것은 아닙니다. 리콜 훈련의 주된 목적은 반려견 보호에 있습니다. 반려견이 위험에 빠지지 않도록 보호하는 것이 보호자의 주된 역할입니다. 보호자보다 앞서 나가는 게 버릇이 되어 있거나, 자신의 호기심이 충족되기 전까지는 아무리 불러도 돌아오지 않는 반려견은 항상 위험 상황에 놓여 있는 것과 마찬가지입니다. 예상치 못한 위험에 대비하기 위해서라도 리콜 교육은 꼭 필요합니다.

8코기들은 하루 두 번 아침 10분, 저녁 10분씩 리콜 교육을 했습니다. 이름을 부르며 "이리 와"라고 말하고 명령을 잘 따르면 칭찬하고 보상을 주기를 반복했지요. 모두 8마리이니 하루 160분은 리콜 교육에만 투자했다고 보시면 됩니다. 이 정도로 잘 해주셔도 될까 말까 하는 게 리콜 교육이에요. 교육은 생활에서 하는 것이 가장 좋다는 게 왕아빠의 신조입니다. 8코기들은 지금도 산책 나갈 때마다 틈틈이 리콜 교육을 합니다.

3. 산책 교육

리콜 교육이 끝났다고 모든 것이 끝나는 게 아닙니다. 산책 매너를 알려주며 밖에 나갈 준비를 해야지요.

"산책 갈까?"라는 말에 반려견들은 잔뜩 흥분합니다. 방방 뛰는 아이, 짖는 아이, 하네스를 차기 싫어 도망치는 아이, 리드줄을 매주기가 무섭게 끌기 시작하는 아이 등 흥분을 표현하는 방식은 저마다 다양합니다. 야외로 나가게 되면 더욱 흥분도가 높아져서 보호자의 소리를 잘 듣지 못하게 됩니다. 상대를 보고 짖거나, 이리저리 왔다 갔다 하면서 다른 사람의 통행을 방해하기도 하지요. 결국 사고로 이어지기도 합니다.

집을 나설 때는 미친 듯이 끌고 짖고 난리를 치더라도 산책을 마치고 돌아올 때는 차분해진다며 우리 개는 아무 문제 없다고 말씀하시는 분들을 종종 만납니다. 하지만 흥분도가 높은 상태에서 질 좋은 산책이 이루어질 수 있을까요? 산책은 말 그대로 산책입니다. 탐색이나 정찰이 아니지요. 여유를 가지고 천천히 즐기는 것이 아니라 외부 자극에 반응하여 보호자를 이리저리 정신없이 끌고 다니는 것을 과연 산책이라고 말할 수 있을까요?

사실 반려견이 야외로 나오면 흥분하는 것은 너무나도 당연한 일입니다. 8코기들도 그렇습니다. 그 흥분도를 얼마나 빨리 진정시키느냐가 관건인데, 그것이 교육의 역할입니다. 그리 특별한 것은 없습니다. 8코기들은 실내에서 리드줄을 하고 왼쪽 무릎 부근에서 사료를 하나씩 받아먹게 했어요. 계속 반복하면서 점점 왕아빠의 눈을 바라보는 빈도가 잦아지면 그때마다 보상 사료를 주었습니다. 이것이 어느 정도 패턴화되면 "옆에"라고 말하면서 한 발 한 발 걸어갑니다. 물론 보상 사료를 주면서요.

8코기들은 문이 열려 있어도 절대 먼저 뛰어나가지 않아요.

이 또한 매일 교육했습니다. 눈을 맞추면서 발맞춰 걷는 연습을 하고, 충분히 숙지하게 되었을 때에야 비로소 산책을 했지요. 그렇다고 바로 멀리 나가는 것이 아니라, 처음에는 우선 현관문을 나서는 연습부터 합니다. 현관문이 열리면 반려 견은 보호자보다 먼저 달려 나가려 하지만, 그때 '옆에'라는 명령어로 보호자 옆 에 붙여놓고 한 걸음씩 같이 나아가야 해요. 그게 잘 이루어지면 그다음 단계로 넘어가며 조금씩 조금씩 범위를 넓혀가는 것입니다. 처음부터 너무 많은 정보와 외부 자극을 받아들이지 않도록 하는 것이 중요하구요.

산책 시간은 30분을 넘지 않게 합니다. 또 일반적으로 하루 3회 산책을 시켜주 는 것이 기본입니다. 물론 횟수는 더 많아져도 좋아요. 시간은 짧게, 횟수는 많이 하는 것이 8코기네 산책법입니다. 8코기들은 하루 7~8회 산책을 하는데, 길게는 1시간씩 산책하지만 짧게는 10분씩도 해주고 있습니다. 산책 이후에는 꼭 켄넬에 서 쉬는 시간을 갖게 하고요.

산책은 반려견이 가장 좋아하는 일이에요. 특히 한 번 나가서 오래 있는 것보 다는 시간은 짧더라도 여러 번 나가는 걸 더 좋아합니다. 반려견들을 위해 하루 산책 횟수를 늘려주세요.

4. 놀이도 공부입니다

반려견들에게 공부만큼 중요한 것이 놀이입니다. 눈을 맞추고 반려견이 좋아하 는 놀이를 함께해주다 보면 교감하는 데도 도움이 돼요. 물론 바쁜 일과에 지쳐 힘들 수도 있겠지만 함께 신나게 놀아주는 일은 보호자의 의무입니다. 아무리 힘 들어도 집 안에서든 밖에서든 하루 한 번은 꼭 공이나 원반, 터그 놀이 등을 해 주세요. (횟수는 많으면 많을수록 더 좋겠지요.) 8코기들은 하루 한 번 터그 놀이를

합니다. 두 번은 못 해요. 한 마리당 10분씩만 해줘도 8마리랑 놀아주다 보면 완전 중노동이 됩니다. 생각해보세요. 평균 15킬로그램짜리 개 8마리와 터그 놀이라니, 휴.

이빨을 강하게 쓰는 터그 놀이는 반려견에게 있어 합법적으로 물 수 있는 시간이기 때문에 스트레스도 풀리고, 엄청 신나 하지요. 또 터그를 물면서 보호자를 바라보게 되기 때문에 이만큼 강하게 교감할 수 있는 놀이도 드뭅니다. 터그 놀이를 잘하는 아이들은 터그를 던지면 물어 오는 것도 곧잘 합니다. 이때 던져주는 것을 공으로 바꾸면 공을 물어 오는 아이가 되고, 원반으로 바꾸면 원반을 물어오는 아이가 되지요. 터그 놀이는 물어 오기의 가장 기초가 되는 놀이입니다.

그런 점에서 터그 놀이도 교육으로 연결할 수 있습니다. 노는 가운데 자연스럽게 '물어 와' '놔' 명령을 익히게 할 수 있지요. 터그를 이리저리 흔들다가 반려견이 물려고 다가오면 잡힐 듯 말 듯 못 물게 하기를 반복합니다. 살짝 약이 오를 시점에 멈춰주면서, 반려견이 물려고 달려들 때 동시에 "물어!"라고 명령어를 외칩니다. 반려견이 물면 열심히 위아래로 신나게 흔들어주다가 단단히 터그를 잡고 동작을 멈춘 뒤 가만히 반려견의 눈을 바라봐주세요. 그러면 반려견은 무언가 이상함을 느끼고 물었던 터그를 놓습니다. 그럴 때 그 동작에 "놔!"라는 명령어를 입히는 거지요.

그렇게 반복하며 경험이 쌓이면 후에 입에 넣지 말아야 할 물건을 입에 물었을 때도 "놔!" 한마디만 하면 내려놓는 반려견이 됩니다. 칸은 아침 식사 시간에 열심히 닭다리를 뜯다가도 왕아빠가 놓으라고 하면 입에서 바로 뱉어버리는 신통한 행동을 합니다. 교육은 놀이에서조차 끝이 없습니다.

8코기들과 신나게 놀아주고 장렬히 전사한 왕아빠.

8코기네, 우리 가족의 꿈

이제는 다 함께 놀아요, 전원주택에서 애견펜션으로

서울에서 수십 년간 이뤄놓은 모든 것을 정리하고 8코기만 보고 도원리에 정착한 지 어언 6년. 8코기들과의 즐거운 생활을 위해 하나하나 일구어놓다 보니 다른 친구들과도 나누고 싶은 환경이 되었지요. 그것이 바로 지금의 유콜잇러브 펜션의 시작이었습니다. 보더콜리, 리트리버, 웰시코기 등 도시에 살면서 마음껏 뛰어놀지 못하던 아이들이 찾아와서 적게는 일주일 길게는 몇 달까지 8코기들과 함께 생활합니다.

8코기네에는 일반 애견펜션과는 조금 다른 점이 있습니다. 처음

도착했을 때부터 돌아갈 때까지 손님들과 이야기를 많이 나누고 소통한다는 것입니다. 벌써 6년째 그렇게 운영하다 보니 손님들과도 꽤 많이 친해졌습니다. (물론 그 중간에는 8코기가 있었지만요.) 반려견과 함께 8코기네를 처음 찾았던 커플이, 결혼하고 아이들을 낳아 대가족을 이룬 지금까지도 꾸준히 찾아주시는 경우가 꽤 많습니다. 유튜브에서 8코기들의 일상을 보고 왕아빠에게 교육을 받으러 왔다가 친해진 분들도 계시고, 자녀가 8코기 왕팬이라 휴가란 휴가는 전부 8코기와 보내는 분도 계세요. 반려견 돌봄을 보냈더니 소심했

던 반려견이 활발해지고, 8코기와도 잘 어울리게 돼서 수년째 꾸준히 찾아주시는 분들도 꽤 많아졌어요. 그분들과도 가족같이 지내고 있습니다.

때로는 특별한 인연을 맺기도 하지요. 한 달간 머물면서 교육받았던 웰시코기가 있는데, 보호자분의 사정으로 다른 입양처를 찾게 되었어요. 워낙 열심히 교육했기에 정이 많이 들어 9코기네로 거듭나야 할까, 몇 날 며칠을 고민하고 있을 때 생각나는 분들이 있었어요. 어린 웰시코기 입양을 고민하며 방문하셨다가 왕아빠의 설명을 듣고 포기하셨던 분들이었죠. 생후 3개월부터 1년간의 교육이 정말 중요한데 두 분 다 일을 하시기 때문에 그만한 시간을 내기가 어렵겠다고 판단하시고 강아지를 위해 마음을 접으셨었어요.

왕엄마가 그분들을 기억하고 아이를 소개해드렸더니 몹시 기뻐하시면서 꼭 입양하고 싶다고 하셨어요. 입양 보내는 쪽과 입양하는 쪽 보호자분들이 모두 반려견을 정말 사랑하시는 분들이었기에 입양 가는 날에는 온 가족이 8코기네에 모여서 화목한 분위기 속에서 아이를 축복해주었지요. 지금 벌써 그 아이가 네 살이 되었네요. 지금도 1년에 2~3번은 8코기네에 와서 휴가를 보내고 있어요. 또 하나의 가족이 생긴 셈이지요.

8코기네 펜션에 격주로 오는 사랑스러운 리트리버 엘리도 마음으로 이어진 가족 중 하나지요. 착하고, 순하고, 특히 왕아빠를 정말 많이 사랑하는 아이입니다. 집안 사정으로 한 해의 반 이상을 8코기와 함께했는데요. (엘리는 지금도 1년의 반 이상은 8코기네를 찾습니다.) 처음 왔을 때는 아무런 교육이 되어 있지 않은 천진난만 흥분왕이었지만, 벌써 2년이라는 시간이 지나 지금은 모범생이 되었어요.

그런 엘리가 가장 싫어하는 일이 있으니, 바로 털 말리기입니다. 엘리는 소리에 예민해서 계곡에 들어가거나 목욕을 한 후에도 드라이기로 털을 말릴 수가 없어요. 그래서 수건으로 어느 정도 말려주고 자연 건조 하는 게 일반적이었지요.

왕아빠는 엘리가 워낙 말을 잘 들으니 돌보면서 서서히 적응시켜 보겠다고 생각했습니다. 대형 드라이기인 에어탱크로 털을 말리는 게 목표였어요. 그런데 정말 약한 바람에도 질색을 하면서 도망치기 바빴고, 아무리 보상 간식을 줘도 쳐다도 안 보는 거예요. 한 달을 노력해도 달라지는 것은 없었습니다. 그래서 아이가 드라이할 때 안정감을 느낄 수 있도록 리드줄을 한 채, 엘리를 품에 안고 천천히 드라이기 바람을 쏘여보자 했는데, 아니나 다를까 바람이 닿으니 품에서 빠져나가려고 안간힘을 쓰더군요. 붙잡으려던 순간, 엘리의 머리가 왕아빠의 옆구리를 스치며 빠져나갔고 리드줄이 몸에 감기며

드디어
에어탱크 성공!

'뚝!' 하는 소리가 났어요. 왕아빠는 그대로 힘이 쭉 빠져 스르르 늘어져버렸지요. 그 길로 정형외과에 갔는데 갈비뼈 골절 진단을 받았습니다. 한 달여간 고생하면서 27킬로그램짜리에게서 어떻게 그런 힘이 나올 수 있을까 생각했지요. 대형견의 힘을 제대로 느낄 수 있었던 시간이었습니다.

당시 3살이었던 엘리는 이제 4살이 되었습니다. 여전히 에어탱크를 싫어하지만, 다행히 드라이룸에는 적응하여 스스로 들어가서 편하게 몸을 말릴 수 있는 정도가 되었습니다. 왕아빠는 언젠가는 엘리가 에어탱크도 좋아하게 만들겠다며 때를 노리고 있습니다.

8코기의 친구들을 소개합니다!

8코기와 가장 처음 인연을 맺은 친구는 보더콜리 럭키입니다. 생후 3개월 때 퍼피 트레이닝을 위해 처음 만나, 다섯 살이 된 지금까지 함께하고 있어요.

보더콜리 엘메도 빠뜨릴 수 없지요. 원래 집을 초토화하고 반상회 민원을 유발하던 아이였는데, 7개월 차에 왕아빠를 만나 교육을 받았습니다. 지금은 남들이 부러워할 정도로 사랑을 듬뿍 받는 친구가 되었어요.

'제9 코기'라고 해도 과언이 아닐 정도로 친밀한 웰시코기 탄이도 소개하고 싶어요. 보호자분이 출산을 하게 되면서 무려 1년이 넘는 기간 동안 8코기네에서 함께했어요. 탄이는 6코기 중 막내인 에디와 절친이 되었지요.

이 외에도 8코기와 함께 생활하면서 사회성이 좋아지고 왕아빠 말도 잘 듣는 애교쟁이 웰시코기 메이, 강아지 때 만나 왕아빠 왕엄마에게 사랑을 듬뿍 받아온 뭐든지 잘하는 만능 웰시코기 로지, 미르, 쭈쭈, 라슈코, 하늘이, 구름이, 페퍼, 라온이, 알리, 춘장이, 레이, 레오, 웰코, 뚱이, 미키, 리보 등등 8코기들에게는 친구들이 많답니다.

그만큼 많은 보호자가 반려견 교육의 중요성을 깨닫고, 교육뿐 아니라 좋은 환경을 경험시켜주는 것도 필요함을 알게 되었다는 뜻이겠지요. 반려견을 키우는 데는 많은 시간과 비용이 듭니다. 이 사실을 유념하시고 신중하게 입양하셨으면 좋겠어요.

8코기네가 유튜브를 하는 이유

지난해 6코기들이 다섯 번째 생일을 맞이하였습니다. 여느 생일 때처럼 상다리가 부러지도록 생일상을 차렸지요. 하지만 이때는 조금 특별한 선물이 있었습니다. 바로 10만 구독자를 넘은 유튜브 채널이 받게 되는 실버 버튼이었습니다.

펜션 운영, 애견 훈련, 애견 호텔링 등 8코기와의 전원생활을 유지하기 위해 왕아빠와 왕엄마는 6년이라는 시간을 쉬지 않고 일했어요. 그사이 6코기들은 만 다섯 살이 되었고, 레고와 제니는 일곱 살

이 되었지요. 정신없이 반복되는 일상 속에서 흘려보낸 시간들을 아쉬워하고 있을 때 생각 하나가 떠올랐습니다. 2017년도 8코기네가 SBS 〈TV 동물농장〉에 출연했을 때 많은 분들이 유튜브 채널이 있으면 좋겠다고 말씀해주신 것이었어요.

사실 우리 부부는 평소에도 SNS 활동과는 거리가 멀었고, 누가 꼭 해보라는 말에 그나마 인스타그램 정도만 겨우 운영하고 있었습니다. 또 사실 그 당시는 너무 일이 많았기 때문에 유튜브는 엄두도 못 냈어요. 하지만 펜션 환경이 어느 정도 조성되고 나니 마음의 여유가 생겨 유튜브를 시작할 수 있게 되었지요.

상상조차 하고 싶지 않지만 언젠가는 사랑스러운 8코기들도 하늘 나라에 가게 될 텐데, 아무리 바빠도 나중에 아이들을 추억할 수 있는 영상을 미리 많이 남겨놓고 싶었습니다. 또 영상을 만들다 보면 아이들과 더 많은 추억을 쌓을 수 있겠다고 생각했지요.

그런데 많은 분들이 사랑해주신 덕분에 1년여 만에 구독자 20만 명이 넘는 채널로 성장하게 되었습니다. 응원과 사랑 속에서 정말 행복한 생활을 하고 있지요. 그런데 '우리가 유튜브 채널을 통해 우리만 행복하면 되는 것일까? 우리들의 책임은 무엇일까?'라는 생각을 하게 되었어요. 그리고 아직 거칠지만 나름의 결론을 내놓았습니다. 많은 개들이 개들답게, 행복하게 살 수 있도록 우리가 걸어온, 또 걸어가고 있는 길을 보여주는 것.

　지금은 많은 분들이 단미 수술의 폐해에 대해 알고 계시지만, 8코기들을 보고 웰시코기는 원래 꼬리가 있다는 사실을 처음 알게 되었다는 분도 꽤 많이 계십니다. 왕엄마 왕아빠가 8코기들을 교육하는 모습을 보고 많은 것을 배우게 되었다는 분들도 계시고요. 계속 꾸준히 좋은 모습을 보여드리는 것이 우리에게 주신 사랑에 조금이나마 보답할 수 있는 방법이 아닐까 생각하고 있습니다.

모든 웰시코기는 꼬리를 가지고 태어납니다.

우리에게 주어진 시간이
그리 길지 않을 수 있으니까요

8코기를 키우면서 가장 많이 한 생각은 하루하루가 아깝다는 것이었습니다. 매일매일 아침 여덟 시부터 밤 열두 시까지 함께하는데도 항상 아쉬워요. 행복한 생각만 하기에도 시간이 부족한데, 시도때도 없이 아이들과 헤어져야 하는 순간이 오면 어떻게 하나, 생각해요. 그럴 때면 8마리 모두 불러놓고 한 마리 한 마리 꼭 안아주면서 마음속으로 사랑한다 말하며 눈시울을 붉히지요. 8코기들을 보면 사랑스럽고 기쁘면서도, 다른 한편으로는 슬픔을 느껴요. 하루를 마감하면서 항상 생각해요. 내일은 8코기들과 무엇을 함께할까?

반려견 보호에 도움을 주고 싶어요

유튜브를 통해 세상에 8코기들의 발자취를 남기는 것과 별개로, 8코기들의 이름으로 무언가 좋은 일을 하고 싶다는 생각을 항상 하고 있어요. 8코기들을 통해 생겨난 수익의 일부분은 많은 분들의 사랑으로 이루어진 것입니다. 그래서 적은 금액이지만 꾸준히 금액을 늘려가며 기부하고 있어요. 이 외에도 실질적인 도움을 주고 싶어요.

제일 먼저 떠오른 것은 해마다 늘어나는 유기견 문제였지요. 유기견 문제의 원인은 우리나라의 잘못된 반려문화에 있습니다. 크게 세 가지가 주된 문제라고 생각했어요. 첫째는 생후 2~3개월밖에 되지 않은 어린 강아지를 입양하는 것, 둘째는 충분히 공부하지 않고 충동적으로 입양하는 것, 셋째는 반려견 교육에 대한 무지입니다.

반려견은 애완동물이 아니라 평생 함께할 동반자입니다. 아프면 엄청난 금전 지출이 발생하고요, 먹는 것에도 적잖은 비용이 들지요. 행동 교정을 위해 외부에서 교육을 받는 데도 많은 비용과 시간을 투자해야 합니다. 이외에도 하루에 몇 시간은 산책과 놀이를 해 줘야 하고요. 주말에는 놀러도 다녀야 해요. 사람이나 개나 그냥 자라는 게 아니에요. 엄청난 희생과 노력이 필요합니다.

많은 분들이 유기견을 위해 여러 가지 활동을 하고 계십니다. 훈련사로서 제가 할 수 있는 일은 더 이상 유기견이 생기지 않도록 힘쓰는 것 같아요. 교육센터를 운영해서 반려견을 기르고 싶은 분들을 대상으로 하는 교육 프로그램을 만들고, 유기견들을 잘 훈련하여 좋은 가정으로 입양 갈 수 있게 돕고 싶어요. 8코기의 이름으로 꼭 이 모든 일들을 하고 싶어요.

광화문 한복판에서 웰시코기 8마리와 편안하게 산책할 수 있을까요?

1년여간 8코기들과 유튜브 영상을 찍으면서 함께해보고 싶어진 일들이 많이 있어요. 8코기들이 좋아하고, 사람들에게 피해를 주지 않으면서 할 수 있는 것들이 뭐가 있을까 고민을 많이 했지요. 그때 생각난 것이 여행이었습니다. 웰시코기 8마리와 함께 우리나라의 곳곳을 여행할 수 있을까요?

많은 반려인들이 한 번쯤 반려견을 위한 여행을 꿈꾸지만 좀처럼 시도하지 못합니다. 왠지 어렵고 힘들 것 같고, 또 다른 사람들에게 폐를 끼치게 될까 봐 걱정스러워서요. 실제로 반려견과 함께 다니다

보면 불편해하는 사람들을 만나기도 하고, 여행지나 숙소 선택에 있어서도 제약이 많아집니다. 그래서 더더욱 왕아빠는 복잡한 강남 거리를 질서 정연하게 걸어 다니는 8코기의 모습을 사람들에게 보여주고 싶어요. 개가 8마리나 거리에 나와 있어도 그 누구에게도 폐가 되지 않을 수 있다는 것을 증명하고 싶어. 교육이 그 모든 것을 가능케 한다는 것도요.

　현실적으로 지금 당장은 힘들겠지만, 그 비슷한 무언가라도 해보고 싶어서 고민하고 있습니다. 8코기들을 통해 많은 분들이 이 땅의 반려견들을 조금 더 너그럽고 따뜻하게 봐주실 수 있는 그날이 올 때까지 달려야겠지요.

우리가 여행을 떠나게 된 이유

8코기네 펜션은 10월 중순이 지나면 비수기에 접어듭니다. 그래서 이 기간에는 성수기에 바빠서 못 했던 펜션 내외부 보수를 하거나 부모님을 뵙고, 못 봤던 친구들도 만나면서 시간을 보내지요. 하지만 올해는 8코기들과 함께 여행을 가기로 했습니다.

물론 산이 있고 물이 좋아 마음껏 뛰어놀 수 있는 양평은 8코기들에게 낙원과도 같은 곳입니다. 하지만 특별한 추억을 선물해주고 싶었어요. 레고 제니가 어릴 때는 여기저기 많이 데리고 놀러 다녔는데, 6코기들과는 그러지 못했거든요. 함께한 지 6년이라는 시간이 흘렀지만, 한 번도 여행을 가본 적이 없었습니다.

사실 왕아빠는 8코기들을 데리고 서울의 랜드마크를 돌면서 가볍게 여행하려고 했어요. 서울을 시작으로 전국의 유명한 장소들을 누비고 싶었지요. 하지만 갑자기 찾아온 코로나19로 인해 계획이 무

집에 있는 것도 좋지만, 때로는 떠나고 싶어요.

산되었습니다. 대신 비교적 사람이 많지 않은 제주도로 눈을 돌리게
되었습니다. (8코기네가 여행을 떠날 당시는 아직 사회적 거리 두기 1단계
였고, 확진자 수가 많지 않아 마스크를 착용하면 어디든 갈 수 있는 분위기
였습니다.) 여름에 8코기들과 캠핑 연습을 하면서 자신감도 많이 붙
었거든요. 그렇게 8코기들과 함께 제주도로 캠핑 여행을 떠나기로
마음먹었습니다.

대가족의 여행은 준비할 것도 많다

제주도 여행은 3박 4일로 계획하였습니다. 주어진 시간 안에서 무리가 되지 않게 일정을 짰지요. 그리고 왕아빠는 시간 날 때마다 8코기들과 제주도 여행을 위한 특훈을 했습니다. 다른 사람들에게 피해를 주어서는 안 되니 리드줄 하고 줄 맞춰서 걷는 연습을 했고, 평소 하던 리콜 교육과 기다려 교육도 더욱 철저히 했습니다. 왕엄마는 혹시 모를 사고를 대비해서 아이들의 이름과 전화번호, 동물등록번호를 새긴 팬던트를 손수 만들었지요.

여행을 앞둔 어느 날, 8코기네에 택배가 잔뜩 도착했습니다. 왕아빠가 준비한 오토캠핑용 텐트와 도구들이었어요. 여행 떠나기 전 텐트 치는 법을 미리 익혀두려고 텐트를 꺼내서 이것저것 살펴보고 있는데, 참견쟁이 8코기들은 신이 나서 장난을 쳐댔지요. 왕아빠는 '이야, 이거 1시간은 걸리겠는데?' 생각했어요. 1시간만 걸리면 다행이지요. 새로 산 텐트를 물어뜯지만 않으면 좋겠는데요. 결국 방해꾼들은 모두 차에 태워두었어요.

오토캠핑은 처음이라 좀 버벅거리긴 했지만, 왕아빠는 그래도 설명서를 읽고 차근차근 텐트를 설치해보면서 나름의 방법을 터득해갔어요. 완성된 텐트에서 8코기들과 잠도 자보고, 화롯불을 피워 고기도 구워 먹으면서 즐거운 시간을 보냈어요. 8코기네에서는 여행을 준비하는 시간 또한 여행 못지않게 즐겁답니다! 이제는 정말 떠날 준비가 되었어요!

드디어 제주도로

　드디어 여행을 떠나는 날! 오밤중에 8코기네가 떠들썩해졌습니다. 대가족의 여행은 준비할 것도 참 많습니다. 아이들 켄넬부터 담요, 밥그릇, 간식, 영양제, 비상약까지 전부 다 마당으로 나왔지요. 누가 보면 어디 피난이라도 가는 줄 알았을 거예요. 여름에 집 앞 계곡에서 8코기들과 신나게 즐겼던 패들보드도 챙겼습니다. 싣고 보니 한 차 가득인데, 왕엄마 왕아빠의 짐은 가방 한 개뿐이고 모두 8코기들 물건이었어요.

　8코기들은 평소와는 다른 분위기를 감지하고 짐을 챙기느라 분

주히 집 안팎을 오가는 왕엄마 왕아빠 뒤를 따라다니며 참견을 했어요. 레고는 왕아빠가 차 문을 열자마자 제일 먼저 펄쩍 뛰어 올라 갔지요. 여행도 가본 사람이 안다고, 레고와 제니는 어릴 때 왕아빠 왕엄마와 함께 많은 곳을 여행했었거든요. 또 특히 레고는 낯선 곳에 대한 기대와 호기심이 많아요. 6코기들 모두 흥분한 레고의 모습을 보고 의아해하는데, 평소에도 겁이 많은 코코는 집으로 도망을 쳤어요. 이렇게 한 가족이어도 아이들마다 성격이 다 다르답니다. 왕아빠는 코코를 안심시키며 차에 태웠습니다.

코코까지 차에 타자 드디어 출발할 준비가 되었어요. 완도항까지 가서 배를 타고 제주도에 들어가는 계획이었지요. 양평에서 완도까지는 차로 무려 6시간이나 걸립니다. 8코기들과 장거리를 이동하는 것은 종합검진을 위해 차로 1시간 정도 걸리는 병원에 간 것 이후로 처음이었어요. 역시나 켄넬 속에서 작게 낑낑거리며 불안해하는 신음들이 들려왔고, 왕아빠는 부드러운 음성으로 진정시켜주었습니다. (6코기 중 첫째이자 8코기네 리더인 칸이 가장 길게 울었던 것은 비밀이에요!)

출발하면서 시계를 확인하니 밤 10시였어요. 평소 같았으면 하루 일과를 모두 마치고 잠자리에 들었을 시간인데 운전을 하려니 매우

피곤했지요. 그래도 왕엄마와 왕아빠는 번갈아가면서 운전하여, 이른 아침 무사히 완도항에 도착했습니다.

한 마리씩 차례로 차에서 내려 리드줄을 건 후 단체 산책을 시작했습니다. 주변에 잔디밭이 있었고 이른 아침이라 사람도 별로 없었기에 산책하기에 안성맞춤이었지요. 이따금씩 사람을 만나기도 했지만, 8코기들이 왕아빠 말을 잘 듣고 졸졸 따라다니는 모습을 보시고는 '똑똑하다' '영리하다'며 칭찬해주시고 예뻐해주셨어요. 여기저기서 8코기들을 알아봐주시는 분들을 만나 함께 사진을 찍기도 했

지요. 참 순조로운 시작이었습니다.

우리는 항구 주변을 천천히 걸었습니다. 6코기 어린이들은 바다 근처에 와보는 것이 처음이었어요. 신나게 짖는 것으로 설렘을 드러 냈지요.

산책을 마친 뒤 배에 탑승했습니다. 8코기들이 타고 있는 차는 배의 화물칸에 주차했지요. (차 안에 반려견들이 있다고 말씀드리고 마지막에 태우고 빨리 내리도록 양해를 구했어요.) 가장 빠르게 도착하는 쾌속선으로 예약했기에 8코기들과는 약 1시간 반 정도 뒤에 만나게 될 거예요. 왕엄마 왕아빠는 그제야 한숨 돌리고 휴식을 취했지요. 둘다 매우 피곤했지만, 8코기들과 함께하는 첫 여행에 대한 기대감이 더 컸습니다. 앞으로 우리에게는 어떤 즐거운 일들이 펼쳐질까요?

반려견들과 장거리 여행할 때를 위한 팁

반려견과 장거리를 이동할 때, 켄넬 사용은 반려견과 운전자의 안전을 위해 매우 중요합니다. (특히 고속도로에서는 필수입니다.) 반려견을 보호자 무릎에 앉히거나 뒷좌석에 태워서 데리고 갈 경우 차의 진동을 더 민감하게 느끼게 되어 불안해할 수도 있습니다. 그리고 만에 하나 충돌 사고라도 발생한다면 크게 다칠 수 있어요.

이번 8코기네 제주도 여행에서는 평소 켄넬 교육이 큰 힘이 되었습니다. 8코기들은 처음 떠나는 가족 여행에 약간 불안해했지만, 그래도 자기 방이나 다름없는 켄넬 안에 있었기에 비교적 안정감 있게 머물렀어요. 켄넬 교육을 받지 않은 반려견은 이동 상황에서 훨씬 외부 자극에 예민해집니다. 따라서 평소 켄넬 교육을 꾸준히 해두는 것이 좋습니다. 반려견에게 켄넬만큼 편안한 공간은 없습니다.

반려견들이 장거리 이동에 불안해한다면 간식을 주는 것도 좋아요. 이날만큼은 평소 먹는 간식 말고 가장 좋아하는 특별 간식을 준비해주면 더 좋겠지요!

켄넬이 흔들리지 않게 사이사이 담요를 넣어주는 등 고정하는 것도 필수입니다. 또 멀미약을 먹이는 것보다는, 반려견이 움직이는 차에 적응할 수 있게 미리 적응 훈련을 시켜주는 것이 좋아요. 가까운 거리 이동부터 시작하여 점점 시간을 늘려가며 차에 적응하도록 하는 것이지요. 반려견을 태웠을 때는 평소보다 얌전하게 운전해주세요.

켄넬이 있으면 낯선 곳에서도 편하게 잘 수 있어요.

난생처음 만난 바다

드디어 8코기네가 제주도에 도착했습니다. 계획한 대로 가장 먼저 바닷가로 달려갔지요. 6코기들은 현무암은 물론 모래사장을 밟아 보는 것도 처음이었습니다. 마냥 신이 나서 뒹굴고 땅을 파대며 열심히 뛰어다녔지요. 그러다 보니 땅강아지들은 온몸이 모래 범벅이 되었어요. 현무암 모래 때문에 온몸이 새까매진 8코기들을 보고 '저걸 어떡하나' 아득해지기도 했지만, 그래도 아이들이 따사로운 제주에 완벽하게 적응한 듯해서 행복했어요.

바다 수영도 빠트릴 수 없죠! 8코기들은 처음 접하는 바다와 밀려오는 파도에도 아무런 두려움 없이 수영하기 시작했어요. 자꾸 바닷물을 홀짝홀짝 마셔대는 바람에 오래 놀지는 못했지만, 지금도 그날 찍은 영상을 보면 감격스러워요. 푸른 제주 바다와 8코기들, 정말 한 폭의 그림 같은 풍경이었습니다.

바닷가에서 놀 때의 주의사항

    평소에 야외 생활을 많이 해서 8코기처럼 발바닥이 튼튼한 아이들도 현무암 위를 뛰어다니다 보면 발바닥에 상처를 입을 수 있기 때문에 주의해야 합니다. 또 한 가지 더! 바닷가에서 놀기 전에 물그릇을 준비해두고, 숨이 차거나 목이 말라 보인다 싶으면 불러서 물을 마시게 해야 합니다. 그러지 않으면 바닷물을 마시는 경우가 있는데, 바닷물을 마시면 구토·설사·탈수가 일어날 수 있고 심하면 목숨 을 잃기도 합니다.

제주도에서 차박을

"이제 차박하러 가자, 두더지들!"

한참 신나게 놀고 왕아빠와 왕엄마는 8코기들을 불러 모았습니다. 이제 하루를 마무리할 시간이었거든요. 우리의 제주도 일정은 다음과 같았습니다.

- 밤에 자동차로 출발해서 아침에 완도항 도착

- 쾌속선을 타고 제주도로 이동

- 오토캠핑지에서 1박

- 나머지 2박은 펜션에 머무르면서 8코기들과 함께 갈 수 있는 장소 섭외

왕아빠 방해하지 말고 가자~

제주도에 살고 계시는 주민분께 추천받은 차박 장소는 한적했어요. 왕아빠는 새로운 곳을 열심히 탐색하는 아이들에게 너무 멀리 가지 말라고 주의를 주며 텐트를 준비했지요. 왕엄마는 아이들을 따라 함께 주변을 산책했어요.

짧은 다리로 첨벙첨벙 노을 진 제주 바다를 느끼는 아이들을 보며 왕엄마가 "아이고, 우리 새끼들 참 예쁘다"를 연발하다 돌아와보니, 왕아빠의 바닷가 스위트홈이 완성되어 있었어요.

차 뒤 트렁크 문에 텐트를 걸고 텐트 안쪽 좌우로 켄넬을 네 개씩 배치했어요. 그리고 왕아빠와 왕엄마는 켄넬 사이 공간에 누워서 잠을 청했지요. 왕엄마 왕아빠는 이따금 아이들과 함께 자고 싶을 때가 있어요. 그런데 털이 워낙 많이 날리기 때문에 침대로 초대하려면 정말 큰마음 먹어야 해요. 하지만 8코기들은 신나서 놀다가도 잘 때가 되면 털만 남기고 각자 켄넬로 돌아가버려요. 다 같이 자는 게 영 불편한가 봐요. 그런데 이렇게 여행을 나오니 온 가족이 함께 오순도순 모여 잘 수 있게 되네요! 제주도에서의 첫날은 그렇게 행복하게 마무리되었습니다.

드론과 패들보드, 그리고 8코기네

8코기들과 제주도에서의 둘째 날 아침을 맞았습니다. 가볍게 주변을 산책하고 아이들 식사를 준비했습니다. 8코기들은 평소 생식을 하는데, 멀리 나와 있다고 거를 수는 없지요! 전날 근처 마트에서 구매한 생고기로 아침을 먹였습니다. 왕아빠 왕엄마는 김밥으로 끼니를 때웠지만, 멀리 나와서도 맛있게 잘 먹어주는 아이들의 모습에 흐뭇했어요.

하룻밤 보금자리가 되어주었던 텐트를 정리하고, 다음 숙소로 이동했습니다. 우리는 남은 2박을 마리네 펜션에서 묵기로 했어요.
사실 처음 제주도 여행을 결심했을 때 왕아빠는 3박 4일 내내 캠핑
이나 해야겠다 싶었어요. 8마리나 되는 개를 데리고 펜션에 가는 건
불가능한 일이라고 생각했거든요. 그런데 왕엄마 덕분에 숙소에서
묵을 수 있게 되었어요. 왕엄마가 작년에 친정 부모님을 모시고 제
주도 여행을 갔는데, 그때 머물렀던 펜션 아주머니와 언니 동생처럼
지내는 가까운 사이가 되었거든요. 이 인연은 8코기네가 제주도 여
행을 결심하는 결정적인 계기가 되기도 했습니다.

　마치 제주도에 살고 있는 친척 집에 찾아가는 것같이 편안한 마음

웰시코기 8마리와 펜션에 갈 수 있다니!

으로 도착하자 주인아저씨와 아주머니 부부가 환대해주셨어요. 직접 돼지 귀와 코 등을 말려두셨다가 아이들에게 간식으로 주시기도 했습니다. 8코기들을 예뻐해주시는 것은 물론, 왕엄마와 왕아빠에게도 오래 알고 지낸 사이처럼 편하게 대해주셔서 정말 좋았어요.

숙소에 짐을 풀기 전 가장 먼저 해야 할 일은 무엇일까요? 바로 켄넬 자리 잡기예요! 거듭 말하지만 개들이 낯선 곳에 빠르게 적응할 수 있게 하는 최고의 방법이 켄넬에서 쉬게 해주는 것이거든요. 사람도 자기 집이 가장 편하잖아요? 마찬가지로 개들도 켄넬을 가장 편하게 생각합니다. 켄넬을 들고 다니는 건 사람으로 따지면 집을

빨리 문 열어주세요!

가지고 다니는 것과 마찬가지예요. 개들과 여행할 때 켄넬을 이동 수단으로만 쓰지 마시고, 숙소에서도 사용해보세요. 안정감을 주는 최고의 도구가 될 것입니다. 물론 평소에 켄넬 훈련이 잘되어 있는 아이들이어야겠지요.

거실 벽에 켄넬 여덟 개를 나란히 놓고 아이들을 하나씩 불러 들어가게 했습니다. 그렇게 우리 모두 잠깐 휴식을 취하고, 다시 바다로 출발했습니다. 주인 부부가 인적이 드물고 8코기가 놀기 좋은 곳을 추천해주셨어요.

　　바닷가에서 왕아빠는 비장의 무기 패들보드를 띄웠습니다. 역시
나 아인이가 제일 먼저 올라탔고, 8코기들은 왕아빠를 따라서 넓은
바다를 헤엄쳤지요. 하지만 자유로운 영혼 레고는 혼자서 바닷가를
유유자적 누비며, 불러도 오지 않았어요.

　　얼마간 패들보드를 타는데 아무래도 바닷가는 양평 8코기네 계
곡과는 많이 달랐어요. 바람이 강하고 파도가 출렁여서 패들보드
방향을 전환하기가 너무 어렵더라고요. (바람이 많이 부는 날 패들보드
를 타고 바다로 나가시면 표류하실 수 있어요. 안전이 최우선입니다.) 8코

기들의 체력 안배를 위해 그쯤 해두기로 하고 종목을 바꾸었지요.

두 번째 놀이는 드론 날리기였습니다! 왕아빠가 제주도에서 8코기들과 신나게 놀아주고 멋진 영상도 남기기 위해 거금 들여 준비한 비장의 아이템이었지요. 구입한 지 며칠 안 되어서 조작이 서툴렀지만, 제주도 해변 주변에는 장애물이 없어서 어렵지 않게 드론을 날릴 수 있었어요. 드론이 하늘을 날자, 8코기들도 신이 나서 드론을 따라 해변가를 열심히 달렸습니다. 이때 찍은 항공 영상은 지금 봐도 가슴 뭉클할 정도로 감동적이에요. (반려견이 리콜 교육을 제대로 받지 않았다면 드론 놀이는 사고로 이어질 확률이 높습니다. 주의하셔야 해요.)

숙소로 돌아가서 준비해간 에어탱크로 여덟 마리의 털을 하나하나 말려주었습니다. 그리고 주인 부부가 준비해주신 바비큐 파티로 제주도에서의 둘째 날을 마무리했습니다.

8코기가 제주도에서 만난 사람들

내 반려견이 좋아하는 것이라면 무엇이든 해주고 싶은 것이 세상
모든 반려인의 마음입니다. 반려견은 말을 하지 못하니 미처 못 챙
겨주는 부분이 있을까 전전긍긍하며 신경 쓰고 애정을 쏟지요. 하
지만 세상 사람 모두가 우리와 같은 마음인 것은 아닙니다. 개 자체
를 싫어하는 사람이 의외로 많아요. 단순히 개가 쳐다봤다는 이유
로 욕을 하고 가는 분들도 계십니다. 왜 이렇게 개를 싫어하는가 이
유를 들어보면 반려인과 반려견에 대한 안 좋은 기억 때문일 때가
많지요.

왕아빠가 8코기들과 함께하면서 가장 중요하게 여기는 것 중 하나는 펫티켓이에요. 기본적으로 반려인이 반려견을 제대로 통제하지 못하면 밖에 데리고 나갔을 때 본의 아니게 다른 사람에게 피해를 줄 수도 있어요.

제주도에서의 둘째 날, 우리는 바닷가에서 신나게 놀았지만 그냥 숙소로 돌아가려니 어딘가 아쉬웠어요. 그래서 사람이 많을 것 같아 염려되긴 했지만, 근처 관광지에 가보기로 했습니다. 역시나 그곳에는 단체 관광객을 포함하여 수많은 사람이 있었습니다. 잔뜩 긴장했지만 다행히 많은 분이 우리를 알아봐주셔서 함께 사진도 찍고, 칭찬도 많이 들으면서 무사히 산책을 마쳤습니다.

운이 좋았던 것도 있겠지만, 여행을 떠나기 전 훈련을 철저히 했기 때문에 가능한 일이었다고 생각합니다. 평소 기본 교육을 철저히 하는 왕아빠 또한 이번 제주도 여행을 앞두고서는 몇 달 전부터 '이리와' '기다려', 각측보행 교육을 하루도 빼먹지 않고 했어요. 여행지에서도 혹시 모를 사고에 대비해 항상 8코기들의 상태를 주시하고 다른 사람들에게 피해 주지 않으려고 노력했어요. 남들과 더불어 사는 세상이기에 반려견 기본 교육은 정말 중요합니다.

여행 후 우리에게 남은 것들

제주도에서의 3박 4일은 우리에게 선물 같은 나날이었습니다. 마지막 날까지 이곳저곳 돌아다니면서 아이들에게 새로운 경험을 시켜주고, 아름다운 풍경 속에 있는 아이들의 모습을 사진과 영상으로 남겼습니다. 첫 여행이라 서툰 부분도 많았지만, 그래도 성공적이었어요. 매년 한 번씩 오기로 약속하고 제주도 여행을 해피엔딩으로 마무리했지요.

코로나가 종식된다면 아이들과 함께 서울의 랜드마크와 전국의 명소들을 찾아가보고 싶어요. 8코기들의 매력을 전국에 알리고, 특히 꼬리 있는 웰시코기가 얼마나 아름답고 사랑스러운지 보여주고 싶습니다. 그것이 단순 미용 목적으로 아이들을 단미하는 풍조가 사라지게 하는 데 이바지하는 일이 될 거라고 생각해요.

물론 이를 위해서는 하루빨리 우리나라의 반려문화가 개선되어야 하겠지요. 수많은 사건 사고가 생기고 있기 때문에 어쩔 수 없는 일이긴 하지만, 반려견들과 야외에서 줄 없이 자유롭게 산책할 수 없다는 것이 아쉽고 리드줄을 착용하고 산책하면서도 눈치를 봐야 하는 현실이 슬플 때가 많아요. 8코기네는 TV 방송이나 유튜브를 통해 잘 알려진 만큼 더욱더 노력해서 개에 대한 사회적 편견을 없애는 선한 영향력을 발휘하고 싶어요. 또 반려견 사회화 교육의 중요성을 널리 알려서 펫티켓 문화가 정착하는 데도 기여하고 싶습니다.

우리 집에 놀러 오세요!

봄에는 떨어져 날리는 벚꽃으로 길이 열리고,

여름에는 시원한 계곡이 흐르고 푸르른 잔디가 펼쳐지는 곳.

가을에는 단풍과 시원한 바람,

겨울에는 소복이 쌓이는 눈을 만나볼 수 있는 곳.

그곳에 8코기들이 살고 있어요.

8코기들이 왕엄마 왕아빠와 오래오래 행복하게 지낼 집이지요.